地下室手记

Записки из подполья

[俄] 陀思妥耶夫斯基 ◎ 著　　章湘珺 ◎ 译

四川大学出版社

SICHUAN UNIVERSITY PRESS

图书在版编目（CIP）数据

地下室手记 ／（俄罗斯）陀思妥耶夫斯基著；章湘
珺译． -- 成都：四川大学出版社，2024．9（2025．5重印）．
-- ISBN 978-7-5690-7344-7

Ⅰ．Ⅰ512.44

中国国家版本馆 CIP 数据核字第 2024D99P09 号

书　　　名：地下室手记
　　　　　　Dixiashi Shouji
著　　　者：[俄] 陀思妥耶夫斯基
译　　　者：章湘珺

责任编辑：黄蕴婷
责任校对：喻　震
装帧设计：曾冯璇
责任印制：李金兰

出版发行：四川大学出版社有限责任公司
　　　　　地址：成都市一环路南一段 24 号（610065）
　　　　　电话：（028）85408311（发行部）、85400276（总编室）
　　　　　电子邮箱：scupress@vip.163.com
　　　　　网址：https://press.scu.edu.cn
印前制作：人天兀鲁思（北京）文化传媒有限公司
印刷装订：北京文昌阁彩色印刷有限责任公司

成品尺寸：128 mm×198 mm
印　　张：7.625
字　　数：106 千字

版　　次：2025 年 1 月　第 1 版
印　　次：2025 年 5 月　第 2 次印刷
印　　数：1-3000 册
定　　价：68.00 元

本社图书如有印装质量问题，请联系发行部调换

四川大学出版社
微信公众号

目录

第一部分 地下室

地下室 ①

1

我是个病人……我是个恶毒的人，我是个不讨人喜欢的人。我总觉得我的肝脏不好，但其实我对自己的疾病一无所知，也搞不清楚自己到底是什么病。虽然我尊重医学，也敬重医生，但我不会去看病，也从未看过病。

_____

① 无论是手记的撰写者，还是手记中记载的内容，自然都是虚构出来的。然而，只要了解过我们当前社会所存在的种种情形，你就会明白，手记撰写者这样的人物，在我们的生活中不但可能存在，更是必然存在。我试图将上个世纪典型的一种人的形象更加清晰地呈现在读者面前，至今，他依旧是还健在的那代人的代表。他在这个名为"地下室"的手记中，剖析自己的内心，阐明自己的观点，似乎试图揭示他这类人出现，或者必然出现在如今这个社会的原因。以下，便是有关此人的部分生活经历的手记。

——费奥多尔·陀思妥耶夫斯基

更何况，我还相当迷信。不过，尽管如此，我仍然尊重医学（我受过的良好教育，让我不至于迷信，但我仍旧成为了迷信者）。实际上，我拒绝就医的原因仅仅是我心中怀有怨恨，对此，你们也许很难理解，但我自己却心知肚明。可以肯定的是，我无法向你们解释清楚我在和谁赌气，我非常清楚地明白，我不去医院治病于医生而言算不上什么损失，更无关痛痒；没有人比我更清楚，这一切只是我自己在自我伤害，他人却毫发无损。然而，不管怎么说，倘若我拒绝就医，那就只是因为我的心中怀有怨恨罢了。肝脏在疼痛，那就让我的肝疼得更厉害些吧！

　　我就这样如此生活了二十来年，现在，我也有四十岁了。我曾经在政府部门任职，而今已然退休。我任职的时候是个残暴的官员，性情粗暴急躁，并引以为乐。不过，我可是不接受贿赂的，单凭这一点，我也应该犒赏自己。（这是一句并不高明的讽刺，但我不想删掉它。我之所以写它，是因为我认为它可以达到尖酸刻薄的效果；但到了现在，我自己也看得出来，我只是想借由这种卑鄙的方式来彰显自身罢了，但我就是不把它删掉！）

大多数时候，来访者走到我的办公桌前，请我办理业务，但我往往会对着他们咬牙切齿，果断拒绝，当我成功地让他们感到不高兴时，我终于从中汲取到了恣意妄为的乐趣。我几乎每次都能得逞。来访者大多数是些胆小怕事的人——其中原因不言而喻，他们有求于我。但是，在这些来访者之中也有一些妄自尊大的家伙，我最感到无法忍受的是一位军官。他就是不肯低声下气地任我摆布，还极其可恶地把马刀弄得叮当作响。就为了那把马刀，我和他较劲了整整十八个月。最终，我制服了他，他终于不再弄响他的刀了。不过，那也是我年轻时候的事了。但是，诸位，你们可知道最令我生气的关键是什么吗？而这也正是整个问题的关键，这件事最恶心的地方在于：无论何时，甚至在我大动肝火恼恨不已的时候，内心依然会可耻地意识到，我不仅算不上凶狠，甚至不擅长凶狠，我顶多随便吓唬吓唬麻雀，并借此聊以自慰。

当我怒火中烧气得口吐白沫时，你们只要给我塞个娃娃玩，再递上一杯加糖的茶，说不定我就气消了。我甚至会打心眼里感动，尽管之后我可能会对这样的自己恨得咬牙切齿，并且在接下来的几个月里羞愧得难以入眠。我的脾气就是这样。

我刚才自称是个心怀歹毒的官吏，是在撒谎。出于赌气的撒谎。我只是在讨乐子而已，事实上我永远不会凶狠地对待来访者以及那位军官。我每时每刻都意识到自己身上有很多与凶狠完全相反的成分。我感觉到，这些与凶恶相反的东西正向我袭来，它们在我的体内涌动，淹没我的心，渴望在我这里找到一个出口，可我不，我就是不，我偏不让他们出来。它们把我折磨得羞愧万分，令我浑身抽搐，最终让我深恶痛绝，厌烦至极！朋友们，你们是否以为我此刻正为某事忏悔？认为我是在请求你们的原谅？……我十分肯定，你们就是这样想的……然而，即便你们这样想，我也毫不在意……

我不仅不会变成心怀歹毒的人，甚至也不会变成任何一种模样；既不恶毒，也不善良；既不是无耻之徒，也不是正人君子；既不是英雄，也不是臭虫。现在，我在自己的角落里苟延残喘，借由恶毒而无用的安慰来自我麻痹，一本正经的聪明人不会有所成就，只有傻瓜才会有所作为。没错，十九世纪的聪明人应该而且必须成为精神上的无个性者；而一个个性鲜明、积极上进的人，大多碌碌无为。这就是我四十年的经验所带给我的信念。我如今已经四十岁了，四十岁——整整一辈子啊；这已经是风烛残年的年纪了。超过四十岁还要活下去，那可就伤风败俗了，俗不可耐，不知廉耻！谁能活到四十岁以上？请你们诚实地告诉我，老实地说出来！我来告诉你们吧，谁能活过四十岁：傻瓜和混子。我要把这些话当面告诉所有老人，告诉所有德高望重的老人，告诉所有那些满头银发的、身上散发香气的老人！我敢当着全世界的面宣告！我有资格这么说，因为我会活到六十岁！活到七十岁！甚至八十岁！……等会儿！先让我喘口气……

诸位，也许你们以为我是来逗乐的吧？你们这样想就错了。我绝不是你们所想象的，或是你们所猜测的那样，我不是一个活泼欢乐的人。不过，如果你们被我的这些胡言乱语惹恼了（我猜你们大概已经被惹恼了），想要追问我到底是谁——那么，我的答案是，我曾经是一名八品文官。我上班只是为了混口饭吃（仅仅为此而已），因此，自从去年我有位远房亲戚立下遗嘱，给我留下了六千卢布后，我便立刻辞了职，蛰居回自己的角落里。我以前也住在这个角落里，但现在我却是在此安顿下来了。我居住的房间条件很糟糕，环境恶劣，远在郊区。我的仆人是一个来自乡下的老妇人，愚蠢且脾气暴躁，并且她的身上总是有一股臭味。有人劝我，彼得堡的气候对我身体不利，而且，仅靠我那屈指可数的钱财，难以应付彼得堡高昂的生活成本。我心中对这些都有数，我比所有这些睿智而又经验丰富的出谋划策者或泛泛之交者更了解这一切。但我仍然要留在彼得堡；我一定不会离开这里的！我之所以不离开……哎！其实我离开还是不离开，又有什么两样呢？

不过，最让正派人士津津乐道的会是什么呢？

答案当然是：聊自己。

好吧，那就来聊聊我自己吧。

2

诸位，不管你们是否想听，我现在都要对你们说，为什么我甚至连一只臭虫都做不成。我郑重地告诉你们，我曾许多次试图变成一只臭虫，但就连这种愿望也是奢求。诸位，我向你们发誓，意识太过强烈，变得过于清醒，也就成了一种病———一种千真万确、彻头彻尾的疾病。对于正常人的日常需求而言，普通的常识就已经足够了，也就是说，只需要有我们这些不幸的十九世纪贤达之士所拥有的意识的一半或四分之一就绰绰有余了，然而，最为不幸的是，这类有识之士还居住在彼得堡这个地球上最与现实相悖、最刻意建成的城市（城市也有刻意建成的和非刻意建成的区别）。可以说，只需要有那些所谓率真的实干家们赖以生存的那点意识，已经足够。我敢打赌，你们一定认为我写这些挖苦实干家的话都是出于矫情，是为了显摆自己并借此调侃他人，就像我提过的那位军官一样，把马刀弄得山响，姿态傲慢。但是，诸位，有谁会吹嘘自己的疾病满足虚荣心，而且还以此大肆炫耀呢？

但话说回来，我这是怎么了？——其实所有人都在这样做，都在拿自己的疾病来炫耀，我仅仅是比他们做得更加过分罢了。我不愿再争论了，也许我的反驳荒诞不经，但我始终坚信，不仅过多的意识是一种疾病，实际上任何的意识都是一种疾病——我对此深信不疑。不过，这一点我们先暂且不谈，我想请你们先告诉我，为什么会发生这种情况：在我最有能力感知到，是的，恰恰在我最能感知到"美与崇高"的所有精妙之处时，我却偏偏意识不到，好像故意似的，反而会做那些难登大雅之堂的事情？那些……是，简而言之，也许所有人都在做，但偏偏就在我最清楚不应该做这些事情的时刻，我就恰好做了这些。我越是充分了解善良和所有的"美与崇高"，就越是深深地陷入泥潭，直至无法自拔。但是，最重要的一点在于，这一切在我身上似乎并非偶然，而是事出必然，好像这才是我生活的常态，不是疾病，更不是中邪。于是我也逐渐懒得再和这种邪门事情斗争了。甚至到后来，我几乎要真的相信（也许已经相信），这才是真正的我。但最初，在最开始的时候，我在这场斗争中受过多少苦啊！我不相信有人和我一样，因此决定一生都把这个有关自我的事实隐藏起来。我曾深感羞愧（至今也仍然羞愧），可羞愧到极点，竟反倒生出了某种隐秘的反常，一点卑劣的享受。这种享受的具象化是：在彼得堡某个极其恶劣的夜晚，我回到自己的栖身之地，马上敏锐地意识到，就在今天我又干了件令人不齿的事，而且做了，也就无法挽回了，我为此在内心深处偷偷地恨着自己，不断指责自己，翻来覆去地折磨自己，直到痛苦终于变成了一种可耻的、被诅咒一般的快感，终于变成切切实实的、货真价实的享受！是的，变成了享受，享受啊！我坚信这点。我之所以将一切告知，是因为我一直想知道：其他人是否也经常体验这种享受？让我来解释一下吧：这种享受正是来自你对自己的糟糕处境有十分明确的意识；来自你清醒地意识到自己已经走了绝路，情况当然糟糕透顶，但除此之外别无他法；你已无处可逃，永远也成为不了另一种人了；即使还有时间和信心改造成另一种人，你自己大概也不想改变了；就算你真的愿意，大概率也是一事无成；因为事实是已经没什么可供你改变的了。归根结底，最主要的原因是，所有这一切都是按照意识活动所具有的基本规律来运行的，因此，这不仅无法改变，还让人更加束手无策。比如强烈意识活动的结果之一：当恶棍意识到自己的确是个恶棍时，这对他来说似乎反倒增添了一丝慰藉。但是，够了……唉，胡乱说了这么多废话，我又说清了什么呢？……产生享受的原因到底该如何解释呢？但我偏要解释！一定要追根究底！我拿起笔正是为此……

例如，我这个人特别爱面子。我就像驼背的人或侏儒那样，生性多疑，心胸狭隘。但是，说实话，我经常有这样的时候：如果我碰巧被人扇了一耳光，甚至会为此感到非常痛快。不骗你，或许我确实能从中获得某种享受，当然，这是种绝望的享受；往往最刻骨铭心的享受诞生于最绝望之迹，尤其是当你强烈地意识到你已山穷水尽、走投无路时，这时正巧挨了一记耳光——你当即痛苦地意识到，你已经被践踏成、被碾压成了某种肉泥。最糟糕的是，不管我怎样反复思考，并为此伤透脑筋，事实仍然证明在任何角度里我都是那个罪魁祸首，最为耻辱的是，我是一个无辜的罪人，而这也恰恰是自然的规律。首先，我之所以有罪，是因为我比周围的任何人都要更聪明（我始终认为我的才智相较于周围人最为出类拔萃。你们相信吗？我对此有时也感到惭愧。最起码我总将视线挪开，而不会正面直视别人的眼睛）。其次，我之所以有罪，是因为即使我宽宏大量，我也只会因为意识到这种宽宏大量的无用而遭受更多的痛苦。要知道，我的宽宏大量很可能会令我一事无成——我既不能宽恕欺压我的人，因为这人可能是遵循自然规律打我的，而自然规律又是无需宽恕的；我也不能忘记这件事，因为即使是由于自然规律，它于我而言仍然是一种侮辱。最后，要是我不想表现得宽宏大量，而是相反，向欺压我的人复仇，那我也不可能报复任何人，因为就算我有实施报复的能力，我也肯定狠不下心来采取任何行动。为什么我下不了决心？关于这一点，我想专门谈一谈。

3

那么，那些能为自己而报复的人，以及那些总是可以保护自己的人又是怎样做到这点的呢？我们假设，复仇之心一旦将他们控制，那么在那时他们的整个生命中除了这种感觉已经别无他物。这样的人就像一头被激怒的公牛，低下犄角，直接冲向他的目标，除非前面有堵石墙才能阻止他（顺便一提：面对墙壁，这类人——也就是那些率直的实干家和活动家——是会心悦诚服地甘拜下风的。和我们这些耽于空想却吝于行动的人不一样，我们会把石墙视为障碍，可对他们来说，石墙并非退缩的借口，不能成为我们这种人通常连自己都不信，却又总极其乐于去找的借口。他们是真心实意地认输。这堵墙对他们来说是一种平静的、让人释然的、亘古不变的力量——甚至染上了某种神秘色彩……不过，关于墙的事我们留待以后再谈吧）。好吧，我姑且把这样一个率直的人当作是真正的正常人，大自然这位母亲温柔慈爱地把他带到这个世界上，正是希望看到他成为这样的人。对于这样的人，我羡嫉极了。他是愚蠢的，对此我无需同你们争辩，不过，也许一个正常人就应该是愚蠢的，但你们又怎会知道？或许这甚至还妙不可言呢，而且我对这种可疑的东西总有种发自内心的信任，以一个正常人的对立面为例，这类人具有强烈的自我意识，当然了，他并非来自大自然，而是产自曲颈瓶（这已经有点神秘

色彩了，朋友们，我对此保留怀疑态度），这种人在面
对他的对手时，尽管带着他惯有的强烈的意志，最终也
会低头认输，心甘情愿地认为自己是一只老鼠，而不是
一个人，虽然他可能是一只有着强烈意识的老鼠，但毕
竟老鼠只是老鼠，对立面才是人。因此……最糟糕的是
他自己非要这样做，他非要把他自己当作一只老鼠，没
人要求他如此——这就是问题的关键之处。现在，我们
来看看这只老鼠会怎么做吧。打个比方，我们假设它受
到了侮辱（老鼠总是被侮辱），并且它想进行报复，它
心中的积怨自然比"自然的人与真实的人"①更大，它
要将这种卑鄙和肮脏的怨恨发泄在欺辱它的人的身上，
复仇的欲望在它体内骚动，它抓心挠肺的程度比"自然
的人与真实的人"还要多得多。与生俱来的愚笨令"自
然的人与真实的人"下意识认为自己的复仇是纯粹的正
义之行，而老鼠同样有着强烈的意志，却否认了这种正

_____

① 原文为法语：l'homme de nature et de la vérité，由 18 世纪
法国著名思想家卢梭提出，他认为教育的目的是培养自然的人。

义，可最终，老鼠还是采取了行动，实施报复。这只不幸的老鼠，在做了最初的龌龊之事以后，又给自己招致了许多以问题和怀疑为形式的其他各种龌龊，从一个问题引申出更多无穷无尽的、悬而未决的问题，它疑惑不解，也焦虑不安，而那些率真的成功者，却以法官和专制者自居，在一旁得意洋洋地朝它吐唾沫，竭尽鄙视地哈哈大笑。这些都不可避免地围绕在老鼠周围，构成了一潭腐烂发臭的污泥浊水，乃至某种臭气熏天的垃圾！不用说，老鼠唯一能做的就是甩甩自己的爪子，无视这一切，带着连它自己都不信的故作轻蔑的微笑，羞愧地爬回自己狭窄又脏乱的老鼠洞里。在它那肮脏、臭气熏天的地下洞穴里，我们这只惨遭侮辱的老鼠，饱尝毒打又屡受讥笑——它立即陷入了冷酷、恶毒、无休止的怨恨之中。它将连续四十年咀嚼自己受到的伤害，反复品尝每一个让它感到奇耻大辱的细节，而且每次都会自己添进去一些更加耻辱的内容，用想象力戏弄和折磨自己。偶尔，它也会为自己的杜撰感到羞愧，但它依旧会牢记每个细节，在不久后重新回忆所有的耻辱，一遍又一遍地研究每一个细节，去臆造子虚乌有的侮辱，假装这些事以后很有可能发生，并声明它什么也不宽恕。也许它也会开始复仇，但总是零零碎碎的小打小闹，行为总是断断续续，要么就是躲在炉子后面偷偷摸摸地进行，它既不相信它有资格报复，更不相信它的报复可以得逞。

它知道，它在这场报复中需要承受的痛苦将会比它报复的人高一百倍，而它想要报复的人则一定觉得不痛不痒。在弥留之际，它又会再次回忆起这一切，包括在这段时间它日积月累的附加情节……然而，正是在那种冷酷的、可憎的半绝望半期待中，在这由于悲伤而有意将自己埋在地下世界生存长达四十年之久的时间里，在这刻意渲染但仍然多少有些不确定的绝境中，在那深入内心却无法满足的欲望所酿成的毒液中，在这种做某些决定时先是举棋不定，继而坚定不移，可是很快又追悔莫及的忽冷忽热的焦躁中——正是在这种种情况下，凝聚了我所说的那种蕴含着奇异享受的精华。这种享受是如此微妙，以至于意识难以感知和分析，所以那些凡俗之辈，甚至那些神经坚强之人，对此都一无所知。"可能，那些人从未挨过巴掌，自然不会理解。"你们一定会笑着在心里这样补充，你们以委婉的方式礼貌地暗示我，认定我大概有挨耳光的经历，所以我说起话来才像如此了解其中的奥义。我敢打赌，你们肯定就这么想的。但是，诸位，请放心，我从来没有挨过耳光，虽然不管你们怎么想我都完全无所谓。没准我自己还有些遗憾，因为我一生中都没什么机会扇别人耳光。但是，够了……这个你们感兴趣的话题就到此为止吧。

我想继续心平气和地谈谈那些神经迟钝的人，这种人不能品味享受的微妙之处。打个比方，尽管在某些特殊情况下，这些绅士们也会像公牛一样哞哞乱叫，姑且假设这会给他们带来极大的荣誉，然而，正如我先前说过的，一旦面对着不可能的事情，他们也就立马偃旗息鼓了。不可能性——不就相当于一堵石墙吗？这是什么样的石墙呢？不用多说，正是自然规律，是自然科学的推论，也是数学。比如说，有人向你论证你是由猴子进化而来的，你也无须皱眉，坦然接受就行了。又比如他们向你证明，其实你自己的一滴油脂比你的同胞还珍贵十万倍，如此说来，一切所谓的美德义务以及一切的荒谬偏见最终都因此迎刃而解，你也只能坦然接受它，没办法，正如二二得四是数字的真理——真理不会被你驳倒。

我敢肯定一定会有人对你大喊大叫："得了吧，反驳是没有用的，这是二二得四啊！大自然可不会向你们询问意见，更不会顾及你们的愿望，无论喜欢还是不喜欢都必须接受它的样子，从而接受它的全部结果。墙就是墙啊……很多事都是这样的。"我的天啊！我根本不喜欢这些自然规律和二二得四，自然规律和算术又和我有什么关系？如果我真的没有力量推倒石墙，我用头也是撞不穿它的，当然，我也不会因为对面前立着这堵石墙无能为力而善罢甘休。

这样一堵石墙似乎真的能提供一些慰藉，毕竟它本身确实包含了安宁和平之意，但这仅仅是因为，它就是二二得四。哦，真是极致的荒谬！你最好是这样：对一切不可能性，对一切石墙，有你自己的认识和理解。倘若你们厌恶妥协，就不要同任何不可能性与石墙和解；要是通过最不可避免、最合乎逻辑的组合推断得出最令人反感的结论，那么这堵石墙的存在也与你的罪恶脱不了干系。尽管显而易见的是，你根本没有任何错处。因此，你只能闭口不言，忍气吞声，暗自里咬牙切齿，却又无可奈何；你沉醉惰性，麻木不仁，指望着有人可供你大发雷霆，却没有人让你随意迁怒，甚至可能永远也找不到，因为这里充斥着偷天换日、颠倒是非、欺瞒哄骗，这简直是一团混乱，不清楚是什么，也不清楚是谁，然而，尽管是非在此颠倒，你仍然痛苦，不知道的事情越多，你就越感受到痛苦！

4

"哈哈哈！按照您的说法，您在牙痛中也能找到乐趣咯？"你们定然会这样笑着打趣。

"那又如何？即使牙痛也有乐趣嘛，"我这样回答，"我曾经牙疼了整整一个月，我知道，在这种情况下，人们不会默不作声地气恼，而会开始呻吟；这可不是随意的哼哼，而是心怀歹毒的呻吟，一切的关键就在于这个阴险的用心。患者的快乐正是在这些呻吟中得到了表达，要是他没有在这些呻吟中得到享受，那他也就不会呻吟了。"这是一个很好的例子，朋友们，请听我做进一步的阐释。那些呻吟最先表明，你能意识到，你的牙疼不但毫无益处，还会令你的自尊受损，自然规律就是如此。你们当然会对牙疼不屑一顾，但你们仍然为此受尽苦痛，而它却无动于衷。这呻吟还表明，你们意识到，你们的敌人销声匿迹，但痛苦却如此清晰真实；你们也意识到，你们，连同所有的瓦根海姆^①在内，完完全全被牙齿奴役；只要你想，你的牙疼可以就此止住，可要是不愿意，那这牙齿就得再疼上三个月；最后，如果你仍然对此置之不理，还试图与之对抗的话，那么你们就只能把自己狠揍一顿，或用拳头猛捶墙壁，借由更大的痛苦来得到慰藉，除此之外毫无他法。看看，正是由于这些致命的侮辱，这些不知来自何人的嘲笑，你们终于开始觉得享受，有时这种享受还会发展成一种高度的快感。各位，我想请你们不妨抽空去聆听一个十九世纪富有教养的人在牙痛时的呻吟，尤其是牙疼开始后的第二天或第三天，此时，他的呻吟已经和第一天不同，我的意思是，他已经不单单在为他的牙痛而呻吟，不再像一个粗鄙的庄稼汉那样呻吟了，而是作为一个具有文化修养和欧洲文明余韵的人，像一个按照时兴的说法应该称

① 据《圣彼得堡地名大全》载：19 世纪 60 年代中叶，彼得堡姓瓦根海姆的牙医共有八名。

之为"脱离根基和人民"①的人那样呻吟。他的呻吟逐渐变得令人作呕，听者厌烦，闻者备受折磨，而且日夜不休，缠绵不绝。当然，他自己也知道，这样呻吟下去对自己绝无任何好处；他其实比任何人都清楚，他只是在徒劳地折磨与激怒自己和他人；他知道，他竭尽全力地对之呻吟的人们，甚至是他的家人，都已经对他的呻吟感到了极端的厌恶，且已经对他没有丝毫的信任了。他们内心深处都明白，他完全可以换一种方式呻吟，更简单地表达，没必要装腔作势，更无需怪腔怪调，他不过是怀揣着恨意和怨毒的心态恣意妄为。没错，正是在这所有意识和耻辱中，隐藏着一种极大的快感。如他所言："我打扰了你们，伤了你们的心，我让家里的每个人都无法安睡。那么，你们就都别睡了吧，你们也得每时每刻都感受到我在牙疼。于你们而言，如今的我不再是往常那个为你们扮演的英雄了，我只是一个卑鄙之徒，

① 陀思妥耶夫斯基兄弟曾于19世纪60年代先后创办《时代》与《世纪》两杂志，提出了"根基论"，这是两家杂志的典型措辞。

一个无赖懒汉。就这样吧！我对此乐不可支。你们厌恶我下流的呻吟？哈哈，那就随你们讨厌去；我马上还要给你们哼出更矫揉造作的声音来……"现在，你们还不能明白吗，诸位？噢，显然，要想理解这种复杂曲折的快感来源，必须要有相当成熟的心智和深刻的意识。你们笑了？我高兴至极，各位，我的笑话当然有伤大雅，东一榔头西一棒槌，自相矛盾，语无伦次，连我都难以相信自己。然而，要知道，这恰恰是因为我并不尊重我自己。难道一个意识清晰的人就能够或多或少地尊重他自己吗？

5

试问，一个试图在屈辱感中寻找享受的人，难道会、难道可能会多多少少对自己产生尊重吗？我现在这么说倒也并不是出于那种令人作呕的忏悔。更何况，实在点说，我厌恶将"请原谅我吧，神父，我再也不这么做了"

宣之于口，倒不是因为我不擅长说这种话——恰恰相反，这正是因为我太善于这样说，甚至还说得天花乱坠呢。有时，我分明毫无过错，却偏偏在这样的情况下事与愿违地陷入麻烦棘手的境地。最糟糕透顶的莫过于此！尽管如此，我还要觉得深受触动，自认悔恨不已，热泪涟涟，即便这一切都并非虚假，我也依旧自欺欺人了，尽管我假装无事发生，心灵却仿佛都被玷污践踏了……此情此景，甚至连自然规律也无可怪罪，尽管它与我的生活纠缠不休，经常给予我这一生中最严厉的欺辱。回想起这一切真是让人作呕，况且，当时这事本身就够憋屈的了。要不了多久我就会愤怒地意识到，这些统统是谎言，欺骗，是矫揉造作、丑恶不堪的谎言。总的来说，所有这些忏悔，这些所谓感动，这些看似悔过自新的誓言，皆是谎言。你若问我，为什么要如此糟蹋乃至于折磨自己？我的回答是：因为无所事事地坐着太无聊了，所以我要装腔作势一番。对，就是这样。诸位，请你们最好回顾一下自身，然后你就会发现，确实如此。我曾给自己杜撰了一整套离奇的经历，并据此臆想出一整套生活，以便借着什么由头凑合着活下去，哪怕只是苟且地活着。这种事在我身上屡见不鲜——譬如说，似乎深感委屈，于是摆出一副生气的模样，无缘无故却煞有其事，其实自己也知道并没有什么惹人生气的事情，只是装腔作势而已，但后来居然真的认为自己的确生气了。不知何故，似乎我这一辈子都对这样的恶作剧乐此不彼，以致到最后我竟然难以自制。还有一次，我试图强迫自己去谈恋爱，还试过两次。各位，我说真心话，我切切实实地遭受了痛苦的折磨，可是我内心却不相信我这是痛苦，还暗自嘲笑自己，但我确实是饱受痛苦，是千真万确、货真价实的痛苦；我非常嫉妒，怒火中烧……而这一切都是出于无聊，诸位，都是因为对无聊的厌倦，惰性的压迫会让人喘不过气。众所周知，意识所产生的最显著直接的合法成果就是惰性，也就是说，有意识地无所事事，懒惰成性。对此，我上文已经提过。现在，我再重复一遍，再强调一遍：率直的实干家和行动者之所以都是积极的，正是因为他们蒙昧无知、目光短浅。怎么解释这种情况？我这么说吧：由于他们思想的局限性，他们将短期的、次要的原因视为最初的原因，因此，他们相较于其他人会更快、更轻易地相信，他们已经为自己的行为找到了理所当然的依据，据此，也就心安理得了，而这正是关键所在。你得明白，若要开始行动，就必须先让你的心情完全放松，认为你的行为是正当的，没有任何疑虑。那么，以我为例，我是如何让我心安理得的呢？我所依据的根源是什么？这些根源来自哪里？我又是从哪里得到这些根据的？我反复思考，结果我的任何一个根源立即衍生出另一个更原始的根源，以此类推，无穷无尽。任何意识和思维的本质都是如此，没错，这也许依然是自然规律。那结果究竟是什么？还是那套说辞。请你们仔细回忆，还记得我刚才谈过的报复吗？（也许，你们还没完全明白。）我说过，一个人实施报复，是因为他认为他此行此举就是正义。也就是说，他找到他行为的源头，行为有所凭依，这就是：正义。因此，他无论如何都能心安理得，并且，由于他坚信自己在做一件正义且正当的事情，他毫不怯懦，稳重沉着，报复行动行之有效。不过，我看不出这行为里有什么正义可言，更难以称得上是善举，因此，如果我要实施报复，那纯粹是为了发泄怨恨。怨恨绝对足以超越一切，压倒我所有的疑虑，从而也就能够顺理成章地成为根源的替代品，正因为怨恨并非原因。但我要是连怨恨都没有（在上文中我正是从这一点展开论述的），那我会怎么样？还是由于这些该死的意识规律，我心中的怨恨遭到化学分解，分崩离析。你看，怨恨对象在默不作声中挥发成气体，根源烟消云散，罪魁祸首却难以找寻，欺辱不再是欺辱，而是注定的天意，变成了无可指摘的牙痛之类的东西，你最后可以选择的出路仍然是——尽可能用力地捶墙，用疼痛来掩盖疼痛。你们迫不得已漠然处之，是因为无法找到其中的根源。你们倒不妨随心地听从自己情绪的指引，不加以思考，不寻找这一切的根源，哪怕在暂时抛开意识；恨也好，爱也罢，只要不是无所事事地坐着。

最多到后天，最多也就是这时候，你就会因明知故犯地欺骗了自己而对自己产生鄙夷，这样的结局是：如梦一般的肥皂泡破裂了，因破裂而生的惰怠终于出现。哦，各位，你们明白吗，也许正是因为我这一生开始不了任何事，也完成不了任何事，所以才认为自己似乎是个聪明人。好吧，就算我是个信口开河的人，和所有人一个样，一个于人无害却惹人厌烦的、信口开河的人。但是，如果每个聪明人最初的使命就是胡说八道，或者口若悬河地废话连篇，那又能有什么办法呢！

6

唉，如果我仅仅是因为懒惰而无所事事，那该多好！天啊，倘若如此，我就该对自己肃然起敬了。我之所以尊重自己，是因为我至少还拥有懒惰；至少，我身上还有这种似乎是坚定不移的、也被自己明确认识到的品性。要是有人问起：这是个什么样的人啊？有人会回答：懒汉！能听到这样的评价，我真是兴高采烈，这意味着我明确地得到了他人的认可，意味着提及我的时候还能有话可说。"懒汉"——明白吗，这称得上是一种头衔和使命，更算得上是一种职业。请别见笑，事实的确如此。等到那时，我便能够顺理成章地成为最高级俱乐部的一员，而我所需要做的事情仅仅是持续保持对自己的尊重。我认识一位先生，他一生都以成为品鉴拉斐特酒的行家而自豪。他认为这是他的优点，并且从未怀疑过自己。临终之际，他不仅志得意满，而且心满意足。他这样的做法完全没错。相应的，我也应该为自己选择一个职业——我打算做一个懒汉和饕客，不过，不是普通的懒汉和饕客，形象地说，我要做完全沉浸在"美与崇高"中的酒囊饭袋。你们觉得怎么样？这件事在很早的时候就成为我的梦想了。这"美与崇高"在我长达四十年的年岁里沉重地凌驾于我的想法之上。但话说回来，这都已经是过去四十年发生的事了；而那时候——哦，那时候本应有另一种景象！我本应该为自己找到我能适应的生活方式，也就是：为一切"美与崇高"的事物干杯。
我将尽我所能地抓住一切机会，先在杯子里滴下眼泪，
然后为一切"美与崇高"的东西一饮而尽。等到那时，
我就会把这世界上的一切都变成"美与崇高"；哪怕在
在公认最肮脏的垃圾堆里，我也要找出"美与崇高"，
到时候，我会像一块湿漉漉的海绵，时常潸然泪下。比如，
有位画家画了一幅"盖伊"的画，我立刻为画出这幅"盖
伊"的画家的健康而干杯，因为我热爱所有饱含"美与
崇高"的事物。有位作者写出了《悉听尊便》这样的文章，
我立刻为《悉听尊便》的作者的健康而干杯，还是因为
我热爱所有饱含"美与崇高"的事物。我这样做应该得
到尊重，谁要是不尊重我，我就跟他没完，让他不得安宁。
我会活得光风霁月，死得志得意满，这真是太美妙了，
美妙极了！等到那天，我就会长出一个圆滚滚的肚子，
吃出松软的双下巴，隆起红通通的鼻子，以至于每个遇
见我的人都会对着我说："看啊，这人活得多滋润！这
才真是没白活！"各位，随你们怎么说去吧，在这个否

定一切的时代，听到这样关于自己的评论真是扬眉吐气啊。

7

　　然而，这一切都是只是看似金灿灿的美梦。哦，你们告诉我，是谁第一个宣称，又是谁第一个宣布：人之所以做出伤天害理的事，是因为他不知道自己真正的利益究竟在何处；假若对他加以开导，促使他明悟，从而睁开眼睛认清了自己切实的、真正的利益，他就会立刻金盆洗手，转身变成善良和高尚的人。因为他已经开窍了，明白了自己的真正紧要所在，他就会在多行的善举中获得自己的切身利益。众所周知，没有任何一个人会明知故犯地做出不符合自身利益的事情，这么说来，人们会出于需要而开始行善吗？哦，天真的人啊！唉，纯洁天真的孩子啊！首先，数千年以来，究竟什么时候人类的行为是仅仅出于自身利益？数以百万计的事实都在证明，人类就是会明知故犯，即便他们完全知晓自己的切身利益何在，却硬是把它们抛诸脑后，一头扎进充满危险的一条歪路，依仗着运气，寄希望于侥幸；没有人也没有任何事强迫他们走上这条道路，似乎他们只是偏不愿意走指定的正路，而是顽固地、一意孤行地另辟蹊径，暗自摸索着，硬要开辟一条困难的荒谬之路。这意味着，这种倔强的一意孤行和变态，对于他们来说比任何利益都更令人雀跃不已……利益！利益是什么？你们能准确无误地定义人的利益究竟是什么吗？如果人的利益有时不仅可能，甚至一定会表现为，在某种情况下希望给自己带来坏处而不是好处，若真是如此，那又该怎么解释呢？——倘若真的存在这样的情况，那么整个规则都会化为乌有。你觉得有这样的情况很罕见吗？你们在笑？朋友们，那就笑吧，只需回答我一句：人的切身利益是否已经经过了完全准确无误的计算呢？难道没有一些不仅没有，而且不可能被归类于任何分类的利益吗？你们看，据我所知，你们所列出的人类利益的所有清单，只是从统计数字、经济学公式中得出的平均数值罢了。你们的利益——也就是幸福、财富、自由、安康、利他，诸如此类。但是，假如有人明目张胆地公然反对这一整个利益清单，那么，在你们看来，噢，当然我也所见略同，他必然是一个蒙昧主义者或者就是个彻头彻尾的疯子，是吗？然而令人惊讶的的是：为什么所有这些统计学家、圣贤之士和热爱人类的人在计算人类利益时，却总是忽略了其中的一种利益？即便要将这种利益纳入统计，他们也没有以恰当的形式将其清算，而整个计算的成败恰在于此。要想把握住这一利益，并且将之吸收，列入清单，其实也并非难事。但问题在于，这种颇费思量的利益不属于任何分类，也无法写在任何清单列表中。例如，我有一个朋友……唉！诸位，他不也是你们的朋友吗；事实上，没有人不是他的朋友！一旦这位先生准备做某些事情，他立即会优雅而清晰地向你解释他是如何按照真理的规律来行事。更重要的是，他会激情四射、豪情万丈地与你大谈特谈人类真正且正常的利益。而且，他还会颇具讽刺意味地指责那些既不了解自身利益，也不了解真正美德的意义的目光短浅的傻瓜；可是，不过才过去了一刻钟，在没有任何突发的、外部的缘由的情况下，仅仅是根据他内在的、比他所有的利益都重要的内在的冲动，他会突然改弦易辙——也就是说，他将旗帜鲜明地反对他刚才所说的一切，反对理性的规律，又反对他自己的利益，嗯，总而言之，他反对一切……我得先申明，我的朋友指的是一个群体，因此很难把责任归咎于单独的人。情况正是如此，诸位，是否真的存在着某种对于任何人而言都比他最大利益更珍贵的东西？或者（为了合乎逻辑），存在着某种比所有其他利益更重要、超越利益的利益（恰恰就是我们方才所提到的、忽略了的那种利益），而为了这个利益，人们会在必要时反对一切规律，即反对理性、荣誉、和平、繁荣——一句话，不惜反对所有那些优秀和有用的东西，只要他能获得最根本的、最有利的利益，而这个利益对他来说比任何事物都珍贵。

"对啊，毕竟这也算是利益嘛。"你们会插嘴这样说道。但请稍安勿躁，我会把这一点继续说清楚，问题并不在于这个一语双关的文字游戏，而是在于这种利益妙不可言的原因：它搅乱了我们的分类系统，并时常摧毁每一个热爱人类之士为人类幸福所构建的堡垒。说白了，它会扰乱一切。但在我向你们阐明这一利益之前，我甘愿冒着毁坏个人名誉之险，斗胆宣布：所有这些看似完美的体系，所有这些自以为向人类解释他们真正的、正常的利益的所谓理论，其真正目的是促使人类努力追逐这些利益，希冀人类由此立刻变得善良而高尚——依我之见，这些暂且都只是逻辑练习！没错，只是逻辑练习而已！要知道，要想通过追求自己的利益来推动全体人类得以复兴的理论，在我看来，几乎就等同于……举例而言，就紧随巴克尔①的思路来说，我们断言，人类经由文明的熏陶，会变得更温文尔雅，因而不再嗜血成

---

① 亨利·托马斯·巴克尔，英国历史学家。

性，也不再那么热衷于战争。从逻辑上讲，这似乎顺理成章。但是，人类总是对整体和抽象的理论有着特别强烈的偏好，随时准备故意歪曲事实，随时可以视而不见、充耳不闻，只是为了维护自身逻辑的正统性。我举这个例子是因为，这是最鲜明的例证。只要你们环顾四周：明明血流成河，但人们依然纵情享乐，似乎血液和香槟酒没什么两样。这就是我们和巴克尔共同生存的整个十九世纪。这是拿破仑——不论是伟大的那个，还是当代的那个[1]。这就是北美——一个永恒的联盟；还有那饱含讽刺意味的石勒苏益格－荷尔斯泰因……文明究竟软化了我们什么？人类文明似乎只是在人身上养育出了更复杂的感觉，再无其他。经过感觉更为丰富的变化，人们甚至可能会进化成在流血中找到乐趣。但事实上，这种情况早已有之。你们是否注意到，最文明的社会贤达就是最狡猾的屠宰者，毫无意外，阿提拉和斯切潘·拉

---

[1] 分别为拿破仑一世与拿破仑三世。

辛夫妇和他们比都相形见绌，望尘莫及。他们不像阿提拉或斯切潘·拉辛夫妇那样引人注目，只是因为他们频繁现身，我们早已司空见惯，不足为奇了。无论如何，起码与过去相比，文明让人类变得更加嗜血，至少，让人更卑鄙，更令人厌恶。在过去，他们在屠杀中看到正义，理所当然地消灭那些应该被消灭的人。而现在，尽管我们已经认定血腥屠杀是卑劣的手段，但我们依然如故，甚至比起过去只增不减。哪种情况更糟？你们自己去判断吧。据传，克利奥帕特拉（请原谅我引用罗马历史上的例子）喜欢把金针插进女奴的乳房，并从她们的尖叫和抽搐中获得满足。也许你会说，那是个相对野蛮的时代。那么，现在也还算是野蛮的时代了，因为（仍旧是相对而言）现今仍然有人用针戕害他人；尽管人类现在比野蛮时代看问题看得更清楚，但还远远没有达到学会按照理性和科学的要求行事的地步。可你们仍然对此深信不疑，认定只要某些陈旧的坏习惯彻底消亡，成为过眼云烟；认定只要健全的头脑、清醒的理智和科学把人的天性彻底改造，他们一定会受益匪浅。你们确信，等到那时，人们将不再会明知故犯，而且，将自然而然地不再有意违背自己的切身利益。不仅如此，你们还会说，科学本身将教会人们（尽管在我看来，这是一种多余的奢望）懂得，人类身上不存在，甚至人从未真正拥有过自己的个性或意志，他本身顶多算是钢琴的琴键或风琴的琴栓之类的物品，此外，世界上还有所谓的自然规律。因此，无论人做了什么，所有行为皆非他本人的意愿，而是身不由己地遵循着自然规律。所以，人类只需要发现这些自然规律，而无需为自己的行为买单，他也将生活得轻松自在。在这种情况下，所有人类行为都可以根据这些定律计算，采用数学的方法，像对数表一样，可以一直算到十万零八千，并被载入史书；可能还有更好的情况，到那时将会出版一些百科全书式词典性质的启发性作品，在这些作品中，一切都会被清晰地计算和解释，于是，世间的莽撞和意外将荡然无存。

到了那时候——完全依据你们所言——新的经济关系将建立起来，这是一种完全现成且经过数学精确计算的经济关系，在这样的情况下，各式各样的问题都会在刹那间烟消云散，因为这些问题已经有了相应的答案。

到了那时候，"水晶宫"将巍然耸立；到了那时候……总的说来，相当于带来幸福的可汗鸟降临人间了。当然，很多都难以保证（这是我的断言），比如，那个时候就再也不会无聊至极了（毕竟一切都已经根据表格作了精确的计算，哪里还有什么事可以做呢？），但好在，所有事物都合乎理性，分毫不差。寂寞无聊之下，什么事都有可能会被想出来。人在百无聊赖之时仍旧会选择用金针扎人，但这倒也无关紧要。真正糟糕的是（这依旧是我的批注），恐怕人们还会对金针扎人乐此不疲呢。毋庸置疑，人类是愚蠢的，极其愚蠢；或者更确切地说，即使他一点也不愚蠢，他也绝无感恩之心，人人皆是如此，鲜有例外。若要举例说明，我认为很有可能出现这种情况我也不会意外：在遵循理性已成常态的未来，有一位其貌不扬的绅士横空出世，仔细些看，是一位相貌刁顽而又满脸嘲弄的绅士。只见他两手叉腰，对所有人说："各位，我们是不是最好把这些所谓的理性主义一脚踢开，让它化为乌有？我们活着的唯一目的就是把这些数字表格统统送入地狱，全都见鬼去，让我们能够依然按照自己愚蠢的意愿来生活！"这倒也没什么，但令人气恼的是，他必然有一批追随者：因为这就是人的本性。而这一切都是出于一个最微不足道的原因，这个原因就是：无论何时何地，无论这个人是谁，他都喜欢从心所欲地生活，而不是完全按照自己的理性和利益的标准行事。他随心所欲的行为或许会损害自身利益，但有时本应如此（当然，这只是我的观点）。独属于他自己的、他内心真正为之震动的、无拘无束的愿望，他所追寻的、哪怕是最为野蛮的任性妄为，他真正渴望的、即便可能会令人丧心病狂的梦想——我所提到的这一切就是常被忽视的、最有利的利益，它无法被分类，所有的系统和理论统统在它面前失效，并分崩离析。那些智者怎么就知道人类必须怀有某种普遍的、高尚的意愿呢？他们又凭什么宣称，人类一定想要一个合理的、必然有利的选择？人类需要的意愿有且只有一种——独立的意愿，无论这种独立需要付出什么代价，更不在乎这种独立将会导致什么结果。至于意愿具体是什么，鬼才知道……

8

"哈！哈！哈！其实，就算你想了解这个意愿，现实中的意愿也不过是子虚乌有！"你们会大笑着插话。"如今，科学技术发展到已经成功地把人类分析透了，至少，现在我们已经知道，那些意愿和所谓的自由意志无非是——"

"等等，诸位，我本来就想从这儿说起，我承认，我自己都惴惴不安了。我刚才就想高声宣布：鬼才知道意愿取决于什么、又究竟是什么，还得感谢上苍，让我忽然想到了科学，所以……我刚刚没有说下去，而你们倒是主动提到了这个话题。但你们得知道，要是有朝一日真的能够找到阐释我们所有意愿和任性妄为的公式，也就是说，真正弄明白它们到底取决于什么，遵循什么规律，又是怎么发展的，在不同情况下又有什么不同的发展方向，如此种种，这就意味着，人们真正找到了那个反映本质的数学公式——若真是如此，到那时，人们将不再拥有任何意愿，甚至可能真的不会再有什么主动自发的意愿了。根据表格来表达意愿有什么意思？不仅如此，人类从此将由一个人变成管风琴中的一根销钉或类似的物品；因为，一个人倘若没有欲望，没有自由意志，更没有自身追求，不是管风琴上的销钉，那还能是什么呢？你们觉得呢？我们可以统计一下概率——这样的情况发生的几率到底有多少呢？"

"嗯……"你们会这样解释，"我们的大部分意愿是错误的，这源自我们对自身利益的错误观念。我们有时候纯粹喜欢胡说八道，是因为我们愚蠢地从胡说八道中看到了更轻松获取某种预期利益的途径。当然，要是这一切都通过精确的计算在纸上水落石出（这当然完全有可能，因为在人类的预设中，他们自以为是地相信，有些自然规律若无法被人知晓，那实在是令人憎恶且索然无味），等到那时，自然也就没有所谓的愿望了。要知道，倘若有朝一日，意愿与理性合二为一，那么我们就会选择理性思索，而不是听任自己异想天开。因为我们总不能一边保持理性，一边又痴心妄想，心存侥幸地与理性对抗，结果给自己带来危害……如果所有意愿和推断确实都能被计算（因为总有一天我们所谓的自由意志的规律会被发现），如此这般，那就真的可以建立出某种类似于表格的成果，我们也就真的可以据此提出意愿了。假如说，也许有一天，有人计算并且证明，要是我对他人比划了一个侮辱性的手势，必然是因为我不得不做，而且还非得用这个手指来做出手势——那于我而言，我还有什么自由可言呢？更何况，我还是一位已经修满学分毕业的学者，我应该能够提前计算出我未来三十年的全部人生规划。简言之，如果一切都是如此，我们真的就没有什么能做的了；反正我们必须全盘接受。再者说，我们还应该不厌其烦地向自己重申，在这些时刻，在这种情况下，大自然绝不会来询问我们的想法，我们应该接受大自然的本来面目，而不是对自然情况浮想联翩；如果我们真的渴望按照对数表和日程表办事，甚至……哪怕就按曲颈瓶办事呢，那又有什么办法，那就只好接受曲颈瓶了！要不然，即使你们不同意，这曲颈瓶也会照样被接受……"

"是的，但这恰恰就是我论述的重难点！诸位，请原谅我过于天花乱坠的高谈阔论，这都是因为我在地下室熬了四十年啊！请允许我白日做梦地幻想一番吧。各位，你们看，理性确实是个好东西，这一点毋庸置疑，但理性终究只是理性，它只满足人类对理性思维能力的需要，而意愿却是人类全部生命力的体现，这意愿包括理性，也包括一切内在冲动。尽管我们按照自身意愿生活时，往往生活得惨不忍睹，但这就是生命本身，而不仅仅是简单地开平方根。以我为例，我自然想要积极地生活，以满足我整个身体的全部生命需求，但不仅仅是为了我的理性需求，理性需求也不过是我整个生命需求的二十分之一。理性能知晓什么？理性只能通晓已经知道的东西（有些东西，也许它永远不会知道；虽然这种情况无法让人得到安慰，但为什么不落落大方地承认呢？），而人类的天性却是全心全意地调动内在一切力量，有意识又无意识地认真活动着，就算是在闲谈，终究也还是在活动。诸位，我怀疑你们正在对我扼腕叹息，你们反复告诫我，一个有学问有教养的人，总之，以后的人，是不会有意地谋求任何无利可图的东西的，这就跟数学一样。我完全同意，它确实就像数学公式一样顺理成章。然而，我要向你们千百遍地解释，倘若人故意地、自愿地渴望做出对自己有害的、愚蠢的，甚至是愚不可及的事情，只有一种情况，也唯有一种情况，这就是：他为了拥有可以做出愚不可及的事情的权利，而不受自己只能做出明智之举这一义务的束缚。当然，这确实愚不可及，更是骄横跋扈的任性。然而各位，事实上，也许对于生活在大地上的所有同胞们来说，这就是世间万物的最高利益，在某些情况下尤为如此。而其中，有这样一种情况：尽管这件事带来的危害显而易见，并且这与我们的理性根据利益所得出的最正确的结论大相径庭，但它仍然凌驾于所有利益之上——无论如何，它为我们保留了最重要也是最珍贵的东西，也就是我们的人格和个性。有人坚持认为，这确实是对人类来说最珍贵的东西；当然，如果愿意的话，意愿也可以与理性相辅相成；尤其是在这一点没有被滥用，而是恰如其分地运用的情况下，不仅有可取之处，有时甚至值得称赞。但很多时候，甚至在大多数情况下，意愿往往一意孤行地与理性背道而驰，而且……并且……你们知道吗，这依然颇有益处，也值得大加称赞。诸位，我们假设，这个人并不愚蠢（实话实说，我认为无论如何都不能这样评价他人，哪怕仅仅只是因为这个缘故：倘若他是愚蠢的，又有谁会是聪明的呢？），如果这个人并不愚蠢，那么他一定是极其忘恩负义的！而且见利忘义到了极点。我甚至认为，对人类最贴切的定义应该是：忘恩负义的两足动物。但一切还不只是如此，这还不是人类最大的缺点；人最大的缺陷是始终如一的道德败坏，始终如一，从远古的洪水时代到人类命运中的石勒苏益格－荷尔斯泰因时代都从未变化。人品德败坏，因而缺乏理智。因为早已人尽皆知的是：人无法保持理智的根源无他，正是道德上的败坏。看看人类的历史吧，你会看到什么？是壮丽辉煌吗？也许的确如此吧。不谈别的，光是罗德岛上的那尊巨像，就非比寻常！难怪阿纳耶夫斯基先生在谈到它时提到，曾有人断定它必然出自人类之手，而另一些人则认为，这来自大自然的鬼斧神工。人类的历史是五光十色的吗？也许，它也可以称作五光十色。只要研究一下历朝历代所有武官和文官的礼服——仅此一项，就足以令人眼花缭乱；更别说文官制服，那更是令人目眩神迷、叹为观止，任何历史学家都无法游刃有余地应对。枯燥乏味？是的，确实枯燥乏味：争斗，无休无止的争斗，现在仍然在争斗；过去在打仗，将来还是

打仗——你们会承认，这实在是太枯燥乏味了。总的
说来，人们用任何形容混乱的词语，凡是最混乱的想象
力所能构想的一切词语，来概括世界史。唯一不能说它
是理性的，正是这个词让人难以启齿。事实上，常常会
遇见这样一种情况：生活中不断出现一些品德高尚、通
情达理的人，他们是智者也是热爱人类者，他们把尽可
能道德和理性地生活作为自己的目标。也就是说，他们
以身作则，给他人指明方向，以此向众人表明，人活在
世上的确可以做到既品德优良又合乎理性。结果又如何
呢？正如大家所知道的那样，这些人迟早会在行将就木
之际背叛自己，闹出笑话，而且还是最难登大雅之堂的
笑话。现在，我想问问你们：对于人这种生来就荒诞不
经的古怪生物，我们还能抱有什么期望呢？即便把世间
的一切祝福都洒在他身上，让他淹没在幸福的海洋中，
他只需要吐出一些气泡在幸福的水面晃动；即便给了他
优渥的经济条件，让他除了睡个觉、吃个小馅饼和忙于
续写世界历史之外，无需做其他任何事情——但即便如

此，人类仍具有忘恩负义的本性，仅仅是由于恶意诽谤的习性，他就会给你做出卑鄙肮脏的事情来。他甚至会为了不过甜饼大小的事情去冒险，故意做出极其有害的、荒唐的行径，做最不划算、毫无意义的荒谬之事，只是为了在这一切积极正确、明智理性的东西里糅合进自己致命的幻想。他所渴望坚守的只是他那如泡影般的梦想，他那俗不可耐的愚蠢，目的居然只是向自己证明（这似乎确实非常有必要）：人毕竟是人，而不是钢琴的琴键，就算自然法则亲自来演奏这台钢琴，也可能在弹奏的过程中有这样的风险，除了按照日程表办事以外，人类再也做不出任何事。不仅如此，即使人真的只是钢琴键，即使自然科学和数学已经证明了这一点，就算到了那个时候，人类也不会幡然醒悟，就是因为人类忘恩负义，他偏要反其道而行之，实话实说，这只是在固执己见。然而，假使他一筹莫展、无法如愿，那么他将会千方百计地大搞破坏，想方设法制造混乱和各种苦难，只因为他固执己见！他将向世界播撒诅咒，因为他只能诅咒人类（这是人类的特权，是人类与其他动物之间的主要区别），也许只需要通过诅咒，他就能如愿以偿，也就是说，他可以据此真正确认他是一个人，而不是什么钢琴键！如果你们深信，混乱、黑暗和诅咒，这些都可以根据表格计算出来，既然可以预先算出来，那就可以防止这一切，理性将会发挥作用——但在这种情况下，人类会故意发疯以摆脱理性，然后就可以继续固执己见！我对此深信不疑，并且对这一观点负责，因为人类的全部活动似乎确实只在于每时每刻向自己证明他是一个人，而不是销钉！即便是间接的证明，那也是证明；即便他采用了原始的方法来证明，那还是证明！这样一来，他怎能不作孽，怎能不炫耀说：这种事从未有过，意愿这东西恐怕只有鬼知道取决于什么……"

你们一定会对我大喊大叫（若你们还愿意赏脸这么做），要知道在这里没有任何人能够剥夺我的自由意志，大家只是尽心尽力地安排好一切，以致使我的意志自觉地与我的切身利益，与自然规律和计算结果和谐一致。

"天哪，诸位，当事情已经发展到算数和表格阐释一切的地步，当唯有二二得四独占鳌头的时候，还有什么样的自由意志可言呢？就算我的意愿不存在，二二还是得四啊。这也能称作自由意志吗？"

9

诸位，我当然是在开玩笑，我自己也知道，我的这个笑话并不有趣，但你们也得知道，不能把一切都当作玩笑话，也许我是咬牙切齿地说着这个玩笑呢。各位，我被一些问题折磨着，想请你们帮我答疑解惑。例如，你想让人革除旧习，并试图以科学和健全的思想作为要求来矫正人类的意志。但你们怎么知道，人不但能够，而且必须接受这些改造呢？又是什么让你们得出这样的结论：人的意愿需要被矫正？简而言之，你们怎么知道这样的改革确实会给人类带来益处呢？从根本上讲，你们为何如此笃定，不违背理性和计算结果的真正的、正常的利益，一定对人类永远有利，而且还是可以概括整个人类的一条普遍规律呢？殊不知，这暂且只是你们的假设。我们姑且假定这可能是一条逻辑规律吧，但更有可能的是：这根本不是人性的规律！诸位，也许你们会以为我是疯了吧？请允许我加以说明。我同意，人确实是一种非常有创造力的动物，天生注定要自觉地为一个目标孜孜以求，研究工程技术，这也意味着，人将耗尽一生、持之以恒地来开辟新的道路——无论这条路通向何方。不过，他有时也会期待偏离航线，可也许这只是因为他注定要走这条路。或许也是因为：无论不动脑子的实干家有多么愚蠢，他有时也总会想到，这条路终究要通向某个地方，但主要问题并不在于它通向哪儿，而在于这路必须一直向前，如此一来，那些品行良好的孩子才不至于因为鄙弃工程技艺，从而沉溺于毁坏人性的游手好闲之中，因为众所周知，游手好闲是一切罪恶的根源。人类热衷于创造，也喜欢开辟道路，这点毋庸置疑。但为什么人类又如此热衷于破坏和混乱呢？这倒要问问你们的看法了！但在这一点上，我倒是特别想说几句话。人之所以如此痴迷于混乱和毁灭（毫无疑问，人类甚至有时对此爱到狂热，这是不争的事实），或许是因为他本能地害怕实现自己的目标、完成自己正在建设的大厦？但是谁又会知道呢，也许他只喜欢从远处而不是近处观赏那座大厦；也许他只喜欢建造它，却不愿意住在其中，宁愿完工后把它留给一些家养的动物，比如蚂蚁、绵羊，诸如此类。可是蚂蚁是一种别具一格的生物，它们有一座与此类似、永远固若金汤的神奇建筑——蚁穴。

极其值得敬佩的蚁群的生活始于蚁穴，大概也终结于蚁穴，这为他们赢得了坚守故土、积极务实的美誉。然而，人类却是一种思想轻浮、不知廉耻的生物，也许人生如同下棋，他们所喜爱的只是达成目的的过程，而不是最终的结果。但谁又能知道呢（谁也保证不了），也许人类在地球上孜孜以求的唯一目标，只在于这个不断实现的过程，换句话说，在于生活本身，而不是目的。

当然，这目的不是他物，用一个公式表达出来，恰是二二得四，但二二得四已经不算是生活了，它是死亡的开始。不管怎样，人类不知为何总是害怕这种数学的确定性，我现在就已经开始惊恐了。我们姑且假设，人为了寻求这种二二得四而魂牵梦萦，他会在寻找过程中远渡重洋，乃至牺牲生命。然而，上天做证，他会无端地害怕这种探索，他害怕真的找到它。因为他知道，一旦真的探寻到，就再也没有什么可探索的了。工人们收工后起码能收到工资，接着去酒馆买醉，然后就进了警察局——这就是他们一周要做的事情。但其他的人又能去哪呢？至少，每当人达到类似的目的时，脸上都会露出某种尴尬的神情。他喜欢达到目的的过程，却又不喜爱达到目的这件事，这当然令人啼笑皆非。总而言之，人本身就是滑稽可笑的生物，所有滑稽的笑话都源于此。然而，二二得四毕竟是令人厌恶透顶的东西。二二得四——在我看来，这简直就是蛮横无理。它趾高气扬、双手叉腰地站着，横在你们的去路中间，朝你们吐唾沫。

我承认二二得四是一个精妙绝伦的事物，但如果什么都要歌功颂德，二二得五看起来也会相当可爱。

再说了，你们为什么就如此坚定、如此郑重其事地笃信，唯有一种正面的、积极的东西呢——换句话说，只存在唯一一种对人类有利的幸福吗？在面对利益时，理智就不会出差错吗？要知道，人类所追求的不只有幸福，也许他们也同样喜欢受苦？也许，他们对痛苦的喜爱与对幸福的喜爱等同？也许，苦难对他们来说也颇有助益，正如幸福对他的帮助？人有时也会充满激情地爱上苦难，爱到狂热的地步，这是事实，甚至无需翻开世界通史来查证。只要您是人，曾经作为人生活过，问您自己，您心里都有数。就我个人而言，我认为：只偏爱幸福的行为颇为难堪。不管是好是坏，偶尔的破坏之举亦有无穷乐趣。要强调的是，我在此并不推崇苦难，更不崇尚幸福。我主张……随心所欲，而且我捍卫自己在我需要随心所欲时，我随时可以随心所欲的权利。举例说明，轻喜剧表演中，痛苦不被允许存在，这个我是知道的。在"水晶宫"里，苦难的存在更是不可思议。痛苦意味着怀疑，更意味着否定，如果连"水晶宫"里都有怀疑，那还算是水晶宫吗？就算如此，我仍然坚信，人类永远不会拒绝真正的痛苦，也就是永远不会拒绝毁灭和混乱。为什么？——因为苦难是意识的唯一来源。虽然我一开始就说过，意识在我看来，是人类最大的不幸，但我也知道，人类珍视意识，人类对意识的钟情胜于在其他任何地方所获取的满足感。例如，意识的高明之处令二二得四难以望其项背。一旦有了二二得四，自然就没有什么事可做，也没有什么需要理解的事物了。等到那时，你除了压抑你的五感，陷入深度的内省之外，就什么都没有了。而如果你坚持意识活动，也许会产生相同的结果，但这时，即便你同样无所作为，你至少可以有时鞭打自己，这总归能够让你振作起来。尽管体罚是反动的，但总比什么都不做要好。

10

你们对那座永远不会被摧毁的水晶宫坚信不疑——你们深信存在一座既不能向它偷偷吐舌头，也不能把拳头藏在口袋里向它做轻蔑手势的宫殿。可我却对这样的大厦感到惶恐，可能就是因为它是水晶的，且永远无法摧毁，可能还因为人们甚至不能对它偷偷吐舌头。

你看吧，如果它不是宫殿，而只是鸡舍，我可能会在下雨时爬进去以免雨淋湿自己，但我肯定不至于因为感激它让我躲雨，就把鸡舍称作宫殿。你们会笑我，你们甚至会说，在这种情况下，鸡窝与巍峨的宫殿已毫无二致。我的答案是：是的，如果一个人活着只是为了不被雨淋湿，我同意。

然而，倘若我坚持认为，这不是生活中唯一的目标，而且我认定，人要是活着，就应该要住在富丽堂皇的豪宅里，又该当如何呢？这是我的意愿，这是我的渴望。你们只有改变了我的这个愿望，你们才能把它从我心里连根拔起。那么，请你们来改变吧，你们用其他东西来诱惑我吧，来赋予我另一种理想吧！但至少目前，我绝不会把鸡舍当成豪宅。即便水晶宫可能是一个无聊的梦想，即便它不可能在自然规律的条件下存在，即便只是出于我自身的愚蠢，出于我们这一辈某些陈腐不堪的旧习将之杜撰，我的看法依然不变。不过。水晶宫是否应该存在，跟我又有什么关系？就算它存在于我的愿望之中，或者说得更确切一点，只要我的愿望存在，水晶宫也随之存在，这不是别无二致吗？也许，你们又在笑了？那么请尽管大声地笑吧，我对所有的嘲笑欣然接受，但我仍然不会在我饿的时候声称我已经饱了。因为我知道，我不会因为这座水晶宫依仗着自然规律存在，而且千真万确地存在，于是便对折中妥协甘之如饴，然后平心静气地接受循环往复的"零"。我不会将一栋有一千年租约的穷人公寓视为我的最高理想——而且其中说不定还有牙医瓦根海姆在挂牌行医。只要你们能摧毁我的欲望，粉碎我的理想，为我点明更美好的前景，那我就会追随在你们之后。也许你们会说，我不值得你们浪费时间，但在这种情况下，我也会回敬给你们同样的态度。我们正在郑重其事地讨论事情；但如果你们不肯赏脸，那么我也绝不会曲意逢迎。我自有我的一方天地。

但是，只要我还活着，只要我还怀有希望，那么，要是我为这座大厦添上了哪怕一块砖，我会宁愿让手烂掉！你们不要以为，刚才我亲口否定这座水晶宫，只是因为我无法向它吐舌头。我这么说不是因为我真的那么爱吐舌头。也许我讨厌的只是，在所有的由你们所建造的大厦中，至今还未有一座能让人不向它吐舌头的。相反，只要能建造出我再也不想吐舌头的大厦，就算只是出于感激之情，我都会自愿把自己的舌头连根割掉。至于这样的建筑根本不可能完成，只能满足于一般的住房，那和我又有什么关系。可是我究竟为什么会有这样的愿望呢？难道我生下来只是为了得出我所有的生存都是骗局的结论吗？这就是我人生的全部目的吗？我不相信。

但你们得知道：我确信，我们这种在地下室生存的人应该被严加看管。尽管我们可能闷不吭声地待在地下室四十年，但当我们来到光天化日之下，我们的倾诉欲就会立刻爆发，我们会说呀，说呀，说个不停……

11

说来说去，诸位，最好的事是什么事都不做！最好的状况是自觉地得过且过！综上所述，地下室万岁！虽然我说过我嫉妒正常人的正常生活，但当我知晓了他们的生活状况后，我就再也不想像他们那样了。（尽管我还是会无可抑制地羡慕。不，不，无论如何，地下室生活对我来说都更有益！）在那里至少可以……唉，我现在说的话都是违心的！我的言不由衷是因为，就像明白二二得四一样，我清楚自己不是在地下室更好，而是别的完全不一样的、梦寐以求而又无论怎样都找不到的地方！让这什么地下室见鬼去吧！

甚至，要是这样就最好了，那就是：如果我自己哪怕有一点点相信我刚刚写的任何东西。我向你们发誓，诸位，我对我方才匆忙写下的一切毫不相信，就连一个字都不相信。换句话说，我信倒也相信，不过与此同时，不知为什么，我总是深感怀疑，我怀疑自己像个笨蛋一样，在笨拙地写着连篇的谎话。

"那你究竟为什么还要写下这些？"你们会这样问我。

"如果我把你关在地下室四十年，期间什么事都不让你做，等到四十年以后，我再来地下室探望你，你会变成什么样子？难道单独一个人可以被孤零零地关在一处地方，无所事事地待上四十年吗？"

"这难道可耻吗，难道丢脸吗？"也许您会轻蔑地摇着头，这样对我说，"您渴望着生活，并且用自己混乱至极的逻辑来解决日常生活中的问题。您举止轻狂，粗鲁放肆，但与此同时，您又那么胆小怕事！您胡说八道，却因此沾沾自喜；您言行无忌，却始终为此担惊受怕，总是请求我们原谅；您试图让我们相信您无所畏惧，与此同时，您却对我们的想法阿谀奉承；您说您愤恨得咬牙切齿，可您与此同时尽量诙谐逗乐我们；您知道这俏皮话并不幽默，然而，显而易见的是，您自以为它们富有文采而陶醉其中。也许您真的经历过痛苦，但您却丝毫不尊重自己的痛苦。您说的话确实存在几分真理，但您并非高风亮节；您出于微不足道的虚荣心，手握真理到处炫耀，却只是自取其辱，最终闹得沸沸扬扬……毫无疑问，您确实想说些什么，但又因为害怕而隐瞒了您最重要的结论，因为您没有全盘托出的决心，您只有恬不知耻的怯懦。您吹嘘自己有意识，立场却总是摇摆不定，因为尽管您的理智仍然在线，但心已经遭受到黑暗和腐败的侵袭，而没有一颗纯净的心，也就无法拥有完整、真正的意识。更何况，您是多么的咄咄逼人，纠缠不休又装腔作势！谎言，谎言，一派谎言！"

当然，你们的这套说辞都是我即兴编造出来的。这同样来源于地下室。四十年来，我一直贴着地板下的缝隙偷听你们谈话。这些话语是我自己杜撰的，但实话说，我也只能编造出这些话了。这不足为奇，我对它已经烂熟于心，并付诸文字……

但是，难道、难道你们真的会如此轻信我，相信我会把这些都刊印出来，还要给你们阅读吗？而且，我还有一个问题想问：为什么我还真的叫你们"诸位"，为什么我要真的这样称呼你们，就好像你们真的是我的读者一样？我打算坦陈的这些自白是不会被印刷出来，还交给其他人阅读的。说到底，我还没有那么大的决心，也不觉得有这种必要。但是，你们知道吗，我脑海里忽然灵光乍现，冒出一个幻想，我想不惜一切代价实现它。请允许我解释一下。

每个人的回忆之中，都存在一些事情，这些事不能公之于众，只能袒露给朋友。甚至还有一些事情，连朋友也不能透露，只能隐秘地留给自己。然而，最终还有一些事情，人类惧怕独自面对，并且这样的事情，每个正派的人士的心里都有不少。甚至是这样的情况：一个人越是正派，他难以独自面对的事情就越多。至少，我前不久才下定决心回忆起我早期的一些冒险经历。在此之前，我一直都逃避这些回忆，甚至惶恐不安。而现在，我不仅要回忆它们，还决定把它们记录下来，我正是想尝试一下，看看一个人是否能够完全敞开心扉面对自己，不害怕全部完整的真相？顺便一提，海涅曾断言，真正诚实的自传几乎是不可能存在的，人在谈及自己时肯定编造大量谎言。例如，在他看来，卢梭在《忏悔录》中肯定编造了不少有关他自己的谎话，甚至是出于虚荣而故意为之。我相信海涅是对的；我太明白了，有时人会仅仅出于纯粹的虚荣，就把整套罪行都归咎于自己，我甚至非常清楚这是种什么样的虚荣心。但海涅评判的是那些向公众忏悔的人，而我只为自己写作，并且我想做出一个永远行之有效的声明：如果我像在向读者讲话一样写作，那只不过是我在装模做样，徒有其表，因为这种形式写起来更方便。这不过是一种空洞无用的形式——我永远不会有读者的，我早已声明过了……

　　我不希望在斟词酌句时受到任何束缚，我不遵循任何条理或体系，我想到什么就会写什么。

噢，打个比方，也许有人对我的声明苛求责备，因此责问我：倘若你真的不考虑有读者阅读，那你现在为何还要白纸黑字地给自己设定这样一些规矩，说什么你不会遵循任何条理或体系，你想写什么写什么，等等？你干吗又要解释？你干吗还要道歉呢？

"请稍安勿躁。"我回答。

其实，这里面可蕴含着一整套心理学啊。也许，因为我是个胆小鬼；也许，我故意想象我面对着大量读者，这样我在写作时会更加体面。个中缘由可以有成千上万个。

但是问题又来了：我本人究竟为什么想要写作？我写作的目的到底是什么？如果不是为了公众的利益，为什么我不简单地在脑海中回忆这些事件，而是选择把它们写在纸面上呢？

确实如此，但把它落在纸面上总是会更郑重其事一些，其中含有某种能令人警醒的东西，我会更好地评判自己，行文更有章法。除此以外，我也许可以从写作中获得真正的解脱。例如，现在，正有一件陈年旧事萦绕在我的心头。恰好在前几天，它生动地浮现在我的脑海中，一直飘荡在我的脑海里，就像一首挥之不去的恼人的曲调，始终如影随形，缠住了我。但我必须设法摆脱它。这样的陈年旧事数以百千计，时不时会有一个回忆从成百上千的回忆中冒出来，让我心绪不宁。不知道为什么，我下意识相信，如果我把它写下来，就可以摆脱它。那我有什么理由不试试看呢？

最后一点在于，我常常百无聊赖却又无所事事。写作至少像是一种工作。据说，工作会让人变得心地善良、光明磊落。好吧，无论如何，这是我的一个机会。

此刻雨雪纷纷，是湿漉漉、黄乎乎又脏兮兮的雪。昨天下雪，这几天都在下雪。我想，触景生情，正是这湿漉漉的雪让我想起了那件我至今无法摆脱的往事。那么，就把这个雪花飘落的故事称作《湿雪之忆》吧。

第二部分 湿雪之忆

湿雪之忆

当我激情洋溢地劝告

自迷雾的黑暗中

将一个堕落的灵魂打捞，

你满怀深重的痛苦，

绞扭着双手，

将曾控制你的恶习控告；

当折磨你的回忆再次环绕，

你健忘的良心，

向我坦诚了一切过往，

是遇见我之前的曾经，

你突然捂住脸庞，

羞愧难当，万分惊忙，

你洒下泪水彷徨，

激动颤抖，又愤怒恐慌……

等等，等等，等等。

——尼·阿·涅克拉索夫

1

那时我不过二十四岁的年纪。在那时，我已经郁郁寡欢，生活杂乱无章，而且孤苦伶仃，形影相吊。我不跟任何人交往，甚至避免同任何人交流，越来越深地把自己埋进角落里。在办公室工作时，我甚至努力不将视线转向任何人，我也非常清楚地意识到，同事们不仅把我看作一个奇怪的家伙，甚至——我一直这么认为——

还用一种厌恶的眼神在打量我。我时常思忖：为什么除了我以外，没有人会意识到自己会被别人厌恶地看着？

在我们的办公室里，有一位同事样貌丑陋，满脸都是麻子，甚至看上去还颇有几分强盗的气质。如果是我长着这么一副有失体面的尊容，那我断然不敢抬起头来同任何人对视一眼。还有一位同事，穿着又脏又破的旧制服，一靠近他就能嗅到一股难闻的气味。然而，这两位同事中没有一个人表现出不好意思——无论是因为制服，还是因为面容，又或者是因为品性方面的问题。无论是这一位，还是那一位，他们谁也没有想过他们会被人厌恶地看着；就算他们想到了，他们也毫不在乎——只要不是他们的上司这么看他们就行。现在，我已经彻底明白，由于我无可抑制的虚荣心，以及由此而来的对自己的高标准严要求，我经常带着愤怒和不满来看待自己，这种不满达到近乎厌恶的程度，于是，我在内心深处把同样的感觉强加给了每个人。例如，我对自己的样貌深恶痛绝，觉得自己的样貌丑陋不堪，甚至时常怀疑我的脸上露出的表情极尽下流无耻，因此，为了不让别人怀疑我下流无耻，每当我出现在办公室时，我都穷尽辛苦地表现出独立不羁的样子，同时尽可能在脸上流露出高贵的神情。"我的脸可能很难看，就算如此也没关系，"我想，"但是，一定要让它显得高贵、富有表情，最重要的是要看起来非常有智慧。"然而，我坚定而又痛苦地认识到，我的脸上永远不可能呈现出这些完美的品质。而最为可怕的事情是，我认为我的面容极为愚蠢不堪，但我的心里倒是完全能够容忍，甚至可以承认我脸上的神情确实下流无耻，只要大家能够认为我的面孔特别富有智慧就足矣。

不用说，我对任何一位工作同事都厌恶透顶，从上到下无一幸免。我在鄙视所有人的同时，也害怕他们。有时，我会忽然觉得他们比我更高贵。那个时候，不知怎的，经常会有这样的场景出现：我时而鄙视他们，时而认为他们比我优越。一个富有教养、举止体面的人，如果不给自己树立一个高到可怕的标准从而不断对自己苛求责备，如果不在某些时刻鄙视自己到憎恨自己的地步，就不可能会产生虚荣心。但鄙视也好，仰视也罢，反正无论遇到谁，我逢人便垂下目光。我甚至做了一些实验，看看我能否承受住别人看我的目光，可我总是率先躲开视线，这使我痛苦得想要发疯。我生怕我成为众人的笑柄，我对此恐惧到近乎病态的程度，我成为所有仪态举止的奴隶，将一切的陈规陋习都奉若神明。我沉迷于墨守成规，发自内心地恐惧自己产生任何离经叛道之举。然而，我又怎能一直承受得住呢？我是一个病态的高雅人士，正如当今时代对于人们的高道德高品位的规训那样，然而这些人糊里糊涂，彼此之间并无差别，就像羊群中的羊，相互之间极为相似。也许，我是整个办公室里唯一一个时常自认为是懦夫和奴才的人，我之所以这么认为，只是因为我富有教养。但这不是我想象的感觉，而是事实的确如此：我是一个懦夫，也是一个奴才。我这么说自己却毫无羞耻之心，当代任何一位名门正派都是，也必须是懦夫和奴才，这才是他的常态，对此我深信不疑。人就是这么制造出来的，老天爷也恰恰是这样安排的。而且，不仅在当下，也不只是由于一些偶然的环境因素，确切地说，在任何时代，一个正派的人都注定是懦夫和奴才。这是全世界所有正派人的金科玉律。如果他们中有人碰巧勇敢地做了什么事，他也不可能因此而感到宽慰或忘乎所以，因为他总会在其他地方有担惊受怕的时候，这是唯一且永恒的定律。敢于耀武扬威说大话的只有蠢驴和骡子，然而，这也是他们在穷途末路时的无奈之举。无需给予他们关注，因为这不足挂齿。

当时还有一种情况也让我大伤脑筋：没有人和我相似，我也和任何人都没有共通之处。"我只是孤家寡人，他们却能抱团取暖。"我想着这件事，陷入了沉思。

由此可见，我那时还相当年轻呢。

有时也会出现截然相反的情况。我说过的，有时我对于去办公室上班深恶痛绝，以至于发展到这种程度：很多时候我下班回家，感觉自己像生过一场大病。但突然之间，我又会无缘无故变得疑神疑鬼，对一切漠不关心（我的情绪总是起伏不定），随后我也会嘲笑自己过于偏执、一直在吹毛求疵，我因此责怪自己太过于沉湎于浪漫主义。有时我会突然不想和任何人交谈，可有时我不但和他们交谈甚欢，甚至恨不得和他们互相称作知己，我所有的吹毛求疵在那一瞬间莫名其妙地荡然无存了。谁知道呢，也许我从来就不是真正吹毛求疵的人，我只是在虚张声势，是在照本宣科？我至今都尚未弄清楚这个问题。有一回，我甚至和这些人成为了至交好友，开始登门拜访，一起打牌，还一起喝酒，也一起谈论职务变动……不过，在此，请先允许我插几句题外话。

一般而言，我们俄罗斯人，从来没有过那种愚蠢的、超脱世俗的、德国式"浪漫主义者"，更确切地说，是法国式"浪漫主义者"。这些外国的浪漫主义者对万事万物都不为所动；哪怕天翻地覆，哪怕整个法国都战死在街垒边上，他们也依然自行其是，他们甚至为了体面而泰然自若，仍然会高声唱着内容空洞无物的歌曲，这么说吧，一直唱到他们进棺材，因为他们无一例外，全都是傻瓜。可在我们俄罗斯的土地上，就没有这样的傻瓜，这是人尽皆知的事，这也正是我们与德国等其他国家的区别。因此，这样不食人间烟火的人在我国是没有的。但是，都怪我们当时的那些所谓"现实主义"记者和评论家热切追捧科斯坦佐格罗斯和彼得·伊万尼奇叔叔，并愚蠢地将其崇奉为我们的理想型，凭空捏造出一大堆我国的"浪漫主义者"，认为他们同德国或法国的"浪漫主义者"一样，同样是超然物外的人。然而，正相反，我们的浪漫主义者的特征与欧洲的浪漫主义者类型大相径庭，欧洲的任何标准在我国都格格不入（请允许我在此使用"浪漫主义者"一词——一个悠久的、备受尊敬的词，它当之无愧，又家喻户晓）。我国浪漫主义者的与众不同之处在于：理解一切，洞悉一切，而且其洞察的清晰程度与以往的圣贤之士相比，有过之而无不及；他们对任何人事物都毫不妥协，但同时又不轻视任何东西；凡事都尽量回避，事事退让，对所有人彬彬有礼，他们从来不放过有利可图而又实惠的目标（如公租房、养老金、军衔晋升），他们热情奔放，写下一本本抒情诗来追求这些目标，同时又死心塌地维护他们内心的"美与崇高"，也因此将他们自己本身视若珍宝，而这样做只是为了有益于那所谓的"美与崇高"。我国的浪漫主义者行事豪放不羁，处境优渥，是我们这儿的骗子中最顶级的骗子，我可以向你保证……甚至只是根据我过往的经验就可以确定。当然，要想做到这一切，还得看浪漫主义者是否是个聪明人——我这到底都是在说些什么啊！浪漫主义者从来都是聪明人。我只是试图指明，就算我们这儿出现过一些愚蠢的浪漫主义者，那也不影响这个结论，其唯一的原因就是他们在风华正茂之时，就已经转生为德国人了，为了更加妥善地保护他们珍贵的财宝，他们早已移居到国外的什么地方去了，大多数定居在魏玛，也有的居住在黑森林。举个例子说明吧，也许我确实打心底里鄙视这份工作，只是迫不得已才没有视如敝屣，因为我本人只要坐在那儿，就可以领到薪水。

而结果——无论如何，请注意，我终究没有弃之如敝履。我们的浪漫主义者宁愿发疯（然而，这是一件很罕见的稀奇事），也不愿贸然放弃现在的生活——前提是他还尚未另谋高就，而且始终也没有人把他踢出去。他们最多会以"西班牙国王"的身份把他送到疯人院，可那也得等到他彻彻底底地疯了才行。但在俄罗斯，只有弱不禁风、乳臭未干的人才会失去理智。无数的浪漫主义者在晚年都坐享高官厚禄。他们的多面性非同寻常，八面玲珑、左右逢源，能面面俱到地周全各种最最矛盾的感受，本领了得！当时，我曾因此而深感宽慰，事到如今，我也依然怀有相同的看法。唯其如此，我们国家才会有那么多"豪放不羁，处境优渥"的人。即使身处于生活堕落的深渊，他们也从未失去过理想；尽管他们为自己的理想连手指头都没有动过，尽管他们是恶名远扬的强盗和盗贼，但他们依然毕恭毕敬地珍视自己的最初的理想，而且内心坦荡诚实。是的，只有在我们这里，声名狼藉的无耻之徒才能在内心绝对地诚实，甚至品德高尚，但与此同时，又不妨碍他依然是个彻头彻尾的无赖。我再申明一遍，我们的浪漫主义者中常常会出现一些非常能干的恶棍（我亲切地使用"恶棍"一词），他们会突然表现出高度的现实感和对实践知识的熟悉，以至于他们的上司和民众通常只能惊讶地目瞪口呆、震惊不已。

他们八面玲珑的能力的确很惊人，恐怕只有上天才知道，这种圆滑变通在今后的环境中会发展成什么样子，会被磨练成什么样，未来又将给我们带来什么！作为资料来说，这些事确实很不错！我这样说并不是出于某种自吹自擂的爱国主义或者是克瓦斯爱国主义。不过我想，你们恐怕又以为我只是在开玩笑。可是谁知道呢？也许现实恰恰相反，你们确信这就是我的真实想法。无论如何，诸位，这两种观点我都悉数接受，并引以为荣，因为这也是一种特殊的恩惠。请原谅我偏题了。

当然，我和同事们的友情没能维持多久，我很快就和他们闹掰了。而且，当时我尚且年幼，年少轻狂、少不更事，我甚至和他们见面连招呼都不打，似乎从此划清界线、一拍两散了。不过，这种情况在我身上只发生过一次。通常来说，我总是离群索居的。

待在家中时，我的大部分时间都用来看书。我希望借助外来的感受来平息我内心不断沸腾的愤懑。对我来说，只有阅读才能让我获得外界的感觉。当然，阅读对我大有裨益，它给我宽慰，使我心潮澎湃，令我心花怒放，也让我痛彻心扉。但有时，也会令我感到厌烦。我总归希望活动活动，于是我忽然陷入了黑暗的、地下的、最卑鄙的罪恶之中——并非放荡不羁，而是荒淫无度。受到我长期的、病态的刺激，我的情欲极其旺盛，炽烈如火，时常歇斯底里地发作，还伴随着热泪潸然落下，以及浑身的抽搐。除了阅读，我找不到其他的容身之所，也就是说，周围没有什么我可以尊重的东西，也没有什么能够吸引我，再加上我的抑郁情绪时常席卷心头，我歇斯底里地渴望对抗和逆反，于是我开始放浪形骸。我喋喋不休地说这么多，绝不是想为自己辩解……但其实，好吧！我就是在撒谎！我确实想为自己辩解。诸位，我想给自己做个凭证。我不愿意说谎，我发誓我不会。

我寻花问柳时总是独来独往，等到夜深人静，遮遮掩掩，惶惶不安，又自认卑鄙龌龊，羞惭满面，这种羞耻之心即便在最令人不齿的时候也在我身旁挥之不去，羞耻感在这种时刻甚至成为一种诅咒。早在那时，我的灵魂里已经有了一个地下室。我诚惶诚恐，害怕被人看见，害怕被人遇见，害怕被人认出。于是我专门出入各种不知名的地方。

有一天晚上，我经过一家小酒馆。透过一扇灯火通明的窗子，我看到一群绅士在台球桌边，正在挥舞台球球杆打架，其中还有一位先生被扔出窗外。一般情况下，我一定会感到非常厌恶，但在当时，我的心中涌起一股羡慕之情，羡慕那位被扔出窗外的先生——我非常羡慕他，以至于我走进了酒馆的台球室。"也许，"我心想，"要不我也凑过去打一架，这样就能让他们也把我从窗户扔出去了。"

我没有喝醉，可你叫我怎么办呢——抑郁会把一个人逼疯，逼迫到如此歇斯底里的地步。但是，什么事也没发生。结果是，我没有能力跳出窗户，连打架都没参与就往外走了。

在那里，我刚迈出一步，一名警官就把我拦住了。

当时我站在台球桌旁边，无意中挡住了走道，而他正想从这儿走过去，他就拉着我的肩膀，一声不吭，事先也没有任何警告，更不做任何解释，就把我从先前站着的地方挪到另一个地方，而他就好像没有注意到我一样，旁若无人地走过去了。就算他打我一顿，我都可以原谅，但我怎么都不能原谅他如此目中无人地擅自挪动我的位置。

鬼知道我愿意出多少钱，只要我能够挑起一场正当的、更加合规的、更加体面的——这么说吧，挑起一场更具有文学意味的争吵的话！这群人对待我的态度和对待一只苍蝇的态度没什么区别。这个军官的身高为两俄尺十俄寸左右，而我是个瘦骨嶙峋的小家伙。不过，吵不吵架的主动权完全在我手中。我只要提出抗议，就会被他们扔出窗外。但我改变了主意，我宁愿……愤恨地溜之大吉。

我十分尴尬又心乱如麻地径直走出了这家酒馆，直接回家去了。可是第二天晚上，我继续出门花天酒地，只是我比以前更畏手畏脚、更无耻悲惨、更忧郁寡欢，眼里噙着泪水——但我还在继续我的荒诞行径。不过，你们可别以为我是因为胆子小才害怕那个军官的，从根本上说，我不可能是一个胆小鬼，虽然我遇见什么事总是畏畏缩缩，但你们先别笑——我保证，我会解释清楚，我会把一切问题都给解释明白的，请你们相信我。

唉，要是那个军官能同意跟我决斗就好了！但他不是，他是那种喜欢用台球杆逞威风（唉，这类人早已绝迹了！），或者是像果戈理的皮罗戈夫中尉一样的绅士，习惯按照上司的指令行事。他们不会参与决斗，而且，他们还会认为要是与我们这帮老百姓决斗，无论如何都有失身份。甚至，通常来说，他们认为决斗完全是不可思议的，是自由思想浓厚的和法兰西式的产物。可是他们自己却常常仗势欺人，尤其是那些人高马大、有两俄尺十俄寸高的主。

我那时并不是因为懦弱而溜走，而是出于漫无边际的虚荣心。我不畏惧他两俄尺十俄寸的身高，也不害怕被他们狠揍一顿然后踢出窗外。我实话实说，我有足够的勇气来承担肉体上的痛楚，但我欠缺一份勇敢的精神。我真正害怕的是，一旦我试图提出抗议，温文尔雅地与他们交涉，在场的每个人，从一旁那个无耻无赖的台球记分员算起，到那个浑身散发着臭气，满脸长着粉刺，衣领像从油锅里拖出来似的，在那左右逢源溜须拍马的最低级的小官吏为止，都会对我的举动困惑不已，进而对我冷嘲热讽。因为这是荣誉观的事，也就是说，并不是在谈论荣誉本身，而是要谈论荣誉观，这种事，迄今为止只能用温文尔雅的形式谈论，而不是用其他方式。

"荣誉攸关之事"并非是日常普通语言能够加以描绘的。我完全相信（尽管我很浪漫，但毕竟还有那么些脚踏实地！）他们定然会哄堂大笑，警官不会简单地不加侮辱地揍我一顿了事，肯定会对我连踢带踹，用膝盖把我踢得绕着台球桌转圈，直到他突然大发慈悲，终于把我扔出窗外。当然，这种不足挂齿的小事对我来说不可能就这么轻描淡写地轻易了事。从那以后，我经常在街上遇到那个警官，并非常清楚地把他认出来，只是我不太确定他还认不认得我，我想应该是不记得得了。根据某些迹象，我这样断定。但是我，我呢——我却始终心怀怨恨，用仇恨愤怒的眼神盯着他看，就这样持续了……好多年！随着岁月的流逝，我怨恨的情绪积年累月，越来越深。起初，我暗中打听这位警官的情况。这是一件对我来说很难的事，因为我谁都不认识。但是，有一天，当我像拴在他背后那样远远地跟着他时，我恰好听到街上有人喊他的姓，于是我知道了他姓什么。还有一回，我跟踪他到了他的住所，并且花费了十戈比银币，从门卫那里打听到了他住在哪、第几楼、是一人独居还是与他人合租……总之，能从门卫那里打听到的一切，我全都知道了。有一天清晨，虽然我从未尝试过文学写作，但我却突发奇想，打算以揭露的形式，采用漫画式的文风，撰写具有讽刺意味的小说来讽刺一下这位军官。我颇为得意地写了这部小说，不但大肆揭露了他的恶行，甚至不惜恶意中伤；起初，我编造了一个姓氏，但又编得太明显，人们一看就能猜出指的是谁。后来，经过我的深思熟虑，我做了一些更改，并把稿件寄给了《祖国纪事》。但当时这种揭露式文学还尚未风行一时，因而我的小说未能刊登。这让我很是火大。有时想到这，我简直恨得牙痒痒的，恨得喘不过气来。终于，我鼓足勇气要求我的假想敌与我进行决斗。我给他写了一封词句精美又感人肺腑的信，恳请他，希望他能向我道歉，并相当强硬地在信中暗示，倘若他拒绝道歉，我必将发起决斗。这封信写得相当精彩，但凡这位军官对"美与崇高"有那么一点点领悟，他肯定会跑到我的面前，搂着我的脖子，主动向我奉献出他的友谊。这该有多美好啊！我们将会冰释前嫌、握手言欢、和睦相处！"他可以用他显赫的地位来保护我，而我则用我良好的文化素养来令他的精神世界变得高尚，嗯……除此之外还有我的思想，还有许许多多的其他可能拥有的事情。"但是你们想想看，他侮辱我之后已经过去了两年，我那封挑战信自然是很不像话地过时了，尽管我的信巧妙地掩盖和解释了我蹉跎岁月放马后炮的原因。但是，感谢上帝（直到今天，我仍然含泪感谢这至高无上的神），我没有把信寄给他。想到这封信一旦寄出，将会惹出多大的麻烦，我就毛骨悚然。然而，突然间……我居然用最简单、最天才的方式，为自己报仇了！我忽然间灵光乍现，想出了一个绝妙的招数。每逢节假日，我在下午三点多的时候沿着涅瓦大街的向阳面漫步。其实，这不仅是一次散步，而是在品味我一系列的痛苦、羞辱和怨恨；但或许，这正是我想要的。我像一条泥鳅，极其不雅观地在行人中匆忙地窜来窜去，不停地为他人让路，可能是将军，过一会儿又是近卫军和轻骑兵的军官们，再过一会儿又是给贵族的女士们让路。在这样的时刻，一想到我那可怜的寒酸相，那匆匆忙忙的可怜和卑躬屈膝的样子如此猥琐，我就会感到心中痛苦万分，如芒在背，这是一种极致的痛苦，一种绵延不绝、心难自抑的屈辱，这种痛苦和屈辱产自思想，而这一思想正在演化成一种无休无止的、直截了当的感觉，让我感觉到，在全世界的面前，我不过是一只苍蝇，一只邋里邋遢、伤风败俗的苍蝇——当然，我比他们中的任何一个人都更聪明，比所有人都更富有教养，比所有人都更为高尚——这当然不言而喻，然而，我也是一只不断为每个路过的人让路、忍受所有人的侮辱、遭受所有人的戕害的苍蝇。我为什么要用这么巨大的痛苦折磨自己呢，为什么非要去涅瓦大街散步？我不知道。但是，只要有机会，我总是情不自禁地被哪里吸引，朝那里走去。

早在那时，我就已经体验到我在第一章中所提及的那种如潮水般涌来的快感。在发生和军官的冲突事件后，涅瓦大街就更加吸引我了，我总情不自禁地前往。我在涅瓦大街上常常能和那位军官偶遇，在那里我可以更好地观赏他。他也多半是在节假日去那里，虽然他也给将军和达官贵人开路，也像泥鳅一样在他们之间左躲右闪；
但遇到像我们这样的人，甚至比我穿得更高贵的人，他
却简直目中无人，昂首阔步地向他们走去，好像面前只
是一片空地，完全不需要给谁让路。我瞧着他那副德行，
咬牙切齿，真是恶向胆边生……但每次遇到他我总是悻
悻然——然后愤愤不平地给他让路。就算在大街上，我
也无法与他平起平坐，这让我更为恼火。"为什么你一
定要先给他让路呢？"有时我会在凌晨两三点醒来，歇
斯底里地发狂，喋喋不休地责问自身。"为什么偏偏是
你让他，而不是他让你？根本就没有这样的法律条例，
也没有任何白纸黑字的明文规定啊！以后可就要平等对
待了，做彬彬有礼的文人雅士彼此相遇会做的那样，他
让你一半路，你也让他一半路，你们彼此尊重，也可以
各自走过去呀。"但没有什么改变，照旧是我靠边站，
他甚至没有发觉我在为他让路。蓦然间，一个绝妙的主
意涌上心头。"如果我和他迎面相逢，却……偏偏不给
他让路，那会怎么样呢？"我想，"如果我故意不主动

让路，哪怕是撞到了他，也还是不让路，那又会发生什么事？"这个大胆的想法逐渐在我的脑海里成形，让我无法平静。我夜以继日地想着它，为之神魂颠倒。并且我故意更频繁地前往涅瓦大街，以便更生动地幻想要在什么时候做这件事，又该怎样行动。我心潮澎湃，越来越觉得这个主意在我看来实在是既实际可行，又能水到渠成。"我当然不会真的使劲撞他，"我这么想，其实我已经高兴得多了，心里所思所想也就更加善良，"而是这样：我们只是互相推挤——我不会转身猛烈地撞在他身上，不要撞疼他，只是肩膀碰到肩膀就可以，刚好控制在合乎礼仪的范围内。如此一来，他撞我多重，我就也还之以相同的力道了。"最后，我终于完全下定决心，但我的准备工作却花了很多时间。首先，当我执行我的计划时，我必须仪表堂堂，所以我必须考虑我的服饰装扮。"以防万一，例如说，也许会发生引起公众围观的事件（这里的公众可都是'高雅名流'：来来往往的有伯爵夫人，有公爵，还有整个文学界的才子佳人），我必须穿着得体，这会获得人们的尊重，也会为我们在社会名流眼中取得某种程度上的平等地位。"为此，我预支了一些工资，并在丘尔金商店买了一副黑手套和一顶像样的帽子。在我看来，黑色手套比我最初考虑的柠檬色手套更端庄、更加"高雅、气派"。柠檬色过于醒目，会引起人们"颜色太花哨了，看起来好像是想炫耀"的遐想，所以我没有选择柠檬色的。我还很早就买了一件高档衣料制作的衬衫，是一件带白色骨制纽扣的好衬衫，但我的大衣却耽搁了我很长时间。我本来有一件很不错的大衣，穿起来很暖和，但它是棉质的，只有领子是浣熊皮做的，就显得过于寒酸了。我必须不惜一切代价把领子换了，换成一个像警官那样的海狸毛领子。为此，我开始频繁光顾劝业场①，经过精挑细选，最终看中了一块便宜的德国仿海狸毛的料子。虽然这些德国仿海狸毛没穿几下就很容易变得破旧不堪，会看起来很寒

---

① 劝业场是当时瓦涅大街上最大的百货商场。

酸，但至少，刚开始它们看起来很气派，而我只需要用上一次就够了。我询问价钱，还是太贵了。经过深思熟虑，我决定卖掉我的浣熊皮领子。不足的钱款对我来说依然是一笔相当大的数目，我决定斗胆向安东·安东尼奇·谢托奇金借钱。他是我的顶头上司，他温柔敦厚，作风严谨，为人光明磊落，从来不借钱给任何人。但我在刚入职时，一位决定我担任现职的某位要员曾向他对我作了特别推荐，详细介绍了我。我痛苦万分，饱受折磨，打算向安东·安东尼奇开口借钱，我觉得既荒唐无耻，更羞愧难当。我甚至两三个晚上无法安然入睡，更何况我本来就睡眠不好，我一直生病，寒热病令我忽冷忽热；我的心要么迷迷糊糊地像是停止了跳动，要么就突然"怦、怦、怦"地剧烈跳动！……安东·安东尼奇一开始很惊讶，然后皱起眉头沉思，经过他的深思熟虑，他最终还是把钱借给了我，并让我立了字据，注明两周后他可以从我的工资中扣除欠款。就这样，一切终于准备好了。英俊的海狸毛取代了穷酸的浣熊皮，于是，我开始准备慢慢地着手行动。我不可能一上来就贸然行事，这样只会徒劳无功；这个计划必须要巧妙安排，思虑周全，逐步熟练地执行。但我必须承认，经过多次努力尝试之后，我开始绝望了：无论怎样，我们根本无法相撞，而且次次如此！到底是我做的准备不够完善，还是我下的决心不够坚定？——眼看我们就要撞上了，可是我——我一看，又是我闪身让出了路，而他却根本没有分给我一点注意力，直接就走过去了。我甚至在走近他时默默祈祷，但愿上帝赐予我勇气和决心。有一次，我总算痛下决心，但最终却只是跌跌撞撞地倒在了他的脚边，因为在最后一刻，就在我离他仅有两俄寸距离的时候，我的勇气耗尽了。他漫不经心、从容淡定地从我身上跨过，而我则像皮球一样滚到了一旁。就在那天晚上，我又病了，寒热病让我发起烧来，我神志不清，不停地说着胡话。可突然间，一切却以最幸福完美的结局结束了。前一天晚上，我已下定决心不再执行我那个要命的计划了，就让这一切无疾而终吧，我就此罢休。于是我抱着这样的目的，最后一次前往涅瓦大街，我只是想亲自见证——我到底怎样让这一切就此罢休呢？突然，在离我的宿敌三步远的地方，我出乎意料地下定决心，我眯起眼睛，就这样——我们肩膀碰肩膀，结结实实地撞了一下！我寸步不让，而且以跟他完全平等的身份拂袖而去！他甚至没有回头看我一眼，佯装丝毫未觉。不过，他只是在装模作样地强撑罢了，我深信不疑，直到今天我都仍然对此坚信不疑！当然，我吃的亏更多一些，因为他远比我强壮，但这不是重点。最重要的是，我已经达成了我的目标，我坚决维护了我的尊严，一步也未曾退让，在大庭广众之下，公开证明了自己与他处于平等的社会地位。我回到家时，深感自己大仇已报。我兴高采烈，志得意满，唱起了意大利风格的咏叹调。当然，我不会再向你描述三天后发生在我身上的事情；只要你读过我的第一章，那你也完全可以自己猜出来。那位警官随后被调离；而我也已经十四年没见到他了。他，这位仁兄，现在在做什么？境况如何？他又正从谁身边趾高气昂地走过呢？

2

然而，我放浪形骸的生活终归还是结束了，我也因此而感到烦闷和腻烦。随之而来的则是悔恨——我试图把这种悔恨赶走；我觉得它太让我恶心了。然而渐渐地，我竟然也对它习惯了。我逐渐习惯了一切，或者更确切地说，似乎是我心甘情愿地接纳了一切。我有一个能让我接受一切的办法——那就是躲进所有的"美与崇高"之中，于幻想中寻求庇护。我放纵自己尽情畅想，缩在角落里，连续幻想了三个月的美梦。请你们相信我，在那样的时光里，我就与那位心胸狭隘、心慌意乱、把德国海狸绒缝在自己外套的领子上的先生具有天壤之别了。我转身就变成了英雄，此时，就算那位的两俄尺十俄寸高的中尉登门拜访，我也会直接给他吃闭门羹。那时的我甚至已经无法想象他的模样——我忘记了。我到底幻想了什么，有多么美妙，我又怎么会因此而深深陶醉其中——对此，我现在已很难阐释清楚了，但至少当时我对这事心满意足。其实，即使是到了现在，我也多多少少依然陶醉其中。每次荒诞行径之后，我的幻境将会变得格外甜美而生动，同时有悔恨、热泪、诅咒和感动夹杂其间。常有这样的时刻：我在那一刹那感受到深深的陶醉、灵魂震颤的狂喜，幸福满溢而出。在很多次感受到幸福美满的瞬间，我的心中甚至都感觉不到一丝一毫的嘲笑，这确实是真实的情况。我有信念，我有希望，我还有了足够的爱。在这种时候，我盲目地相信会出现某种奇迹，会有某种外来力量横空出现，让我的生活豁然开朗，一切变得更加丰富、更加广泛；突然间，一个合适的活动时机出现在我的面前——仁慈的、美好的，最重要的是，完全准备好了（我从来都不知道具体是怎样的活动，但最重要的一点在于，它应该为我将一切都准备妥当了）。于是，我就这样沐浴阳光降临尘世，身骑白马，头顶桂冠。次要角色嘛，我是不屑扮演的，正因为这个原因，我很满足地待在了现实中最底层的位置。要么成为英雄，要么就是最卑微的尘土——中庸之道是不存在的。但恰恰是这点害了我，因为在当尘泥的时候我还可以聊以自慰，他日我定然会成为英雄，而英雄则可以用自己伟岸的身影挡住身为尘土的曾经：据说，对一个普通人而言，成为尘土是可耻的。但英雄太崇高了，不会完全被尘土所沾染玷污，因此沾上点尘垢也无伤大雅。而耐人寻味的是，这些"美与崇高"的浪潮往往在我最荒淫的时刻诞生，并在我最低微的时刻向我袭来的。它们就像零零星星的闪光一样不时出现，似乎在提醒人们它们的存在，但它们的出现并没有消除这种放荡。相反，二者之间的天壤之别似乎为放荡推波助澜，它的出现恰如其分，俨然是最合适的调味品。这种调味品是由矛盾和痛苦、折磨自身的内心分析组成的，所有这些痛苦和苦难都给我的荒诞带来了某种源动力，甚至为我的放浪形骸赋予了意义——一句话，它完全起到了开胃的作用。所有的荒诞里面定然有一定的深意，我又怎能忍受那种简单、粗俗、本能，和抄写员一样的放荡行为，并且忍受这样肮脏的灰尘淹没我呢？再说，难道这些污秽的尘土之中，又有什么能引诱我，大晚上把我拉到街上呢？不，我自有高尚的手段摆脱这一切……

然而，在我的所有幻想之中，在那些"对一切美与崇高的追求"中，我曾体验过浓烈如火的爱意，上帝啊，这真是再浓烈不过的爱意了！尽管这只是一种虚幻的爱，尽管它从未播撒于现实中的任何人类的任何事物，但是，这种爱竟然如此丰盛，以至于后来反倒觉得没有在现实中施加此爱的必要了，这种爱最终成了多余的奢侈品。然而，到头来，这一切又总是极其圆满地转变成艺术，这种转变极其漫长，但也令人陶醉。换句话说，这一切转变成了存在的、现有的美好，美是其存在形式，而这样的美好基本上是从诗人和小说家那里借来的，能适应各种公共事业或者个人的需求和用途。例如，我征服了所有人；当然，所有人一败涂地、溃不成军，于是被迫自发地承认了我的美德和优越性，我也就顺理成章地给予他们宽恕。我因此一跃成为著名诗人和宫廷的高级侍从，我坠入爱河，我获得了堆山积海的财富，并将这些财宝悉数捐献给所有人，与此同时，我当众忏悔了我的卑劣行径，当然，这些行为不完全算是耻辱，其中还有不少曼弗雷德式的"美与崇高"。所有人都饱含热泪，扑过来亲吻我（不然，他们怎么会算是笨蛋呢？），而我则赤裸双脚，忍饥挨饿地宣传新思想，并且，我在奥斯特里茨大败顽固派，紧接着，凯旋曲奏响，宣布大赦，教皇同意从罗马退往到巴西；紧接着，我在科莫湖畔的博尔盖塞别墅为整个意大利举办一场盛大的舞会，科莫湖甚至会特意为此迁去罗马；紧接着，便是在灌木丛中上演的话剧，等等，等等——你们好像对这些都还浑然不知？你们说，是我自己亲口坦白如此多的陶醉、流淌下如此多的热泪，现在我又将这一切公之于众大肆兜售，以期自我标榜，真是粗俗下流，不知廉耻。为什么这就算作下流无耻了呢？各位，难道你们以为，这一切就足以让我感到羞愧吗？难道这一切会比你们这些先生的一生中的随便一件事都要更愚蠢吗？而且，我想请你们相信，我的部分主意还是想得挺美好的……并不是所有的事情都发生在科莫湖畔。不过,你们说的也有道理。的确,我既粗俗下流,又不知廉耻。而最为厚脸皮的举动其实是,我现在居然还试图在你们面前为我自己辩护,此行此举令我得出的结论更加无耻。但是,够了,就到此为止吧,不然这就永远没完没了了;反正事情总是一件会比一件更卑鄙……

长达三个多月的时间过去了,我再也无法安心沉湎于幻想之中,我开始感到一种遏制不住的渴望,这渴望来自我急切地想投身于社会的需求。融入社会,对我来说,意味着前去我的科长安东·安东内奇·谢托奇金家中拜访、做客。他是我一生中唯一一位始终保持联系的熟人,直到现在我也依然为此而深感惊讶。不过,我只在我兴致盎然,而且我的幻想让我身处无与伦比的幸福之中,深感必须立刻与人、乃至与整个人类拥抱接触的时候,我才会去拜访他,因为想要拥抱,总得拥抱一个真正存在的、看得见摸得着的人吧。不过,我只能在星期二拜访安东·安东尼奇,这是他的规定,因此,我必须永远把同全人类拥抱的需求正好放在星期二。安东·安东内奇住在五角地，他所居住的房子位于四楼，包括了四个低矮的小房间，一个比一个窄小，肉眼可见的简陋，能够意识到房主生活节俭。他有两个女儿，还有她们的姑姑，她专门负责端茶倒水之类的琐事。两个女儿小的那个十三岁，另一个大一点的十四岁了，她们都长着翘而挺的小鼻子，我在她们面前总是窘迫的，坐立不安，因为她们总是在一起窃窃私语，时不时会咯咯地笑。房间的主人通常坐在书房里的一张皮沙发上，沙发前摆着一张小桌，主人陪着一位白发苍苍的客人，和他坐在一起，这位客人一般是我们办公室或其他部门的同事。我在那里从来没有见过除了这两三位访客之外的其他人。他们侃侃而谈，讨论了消费税，讨论关于参议院的事务，还谈到了薪水，官场内部晋升，关于上司，以及取悦上司的诀窍，等等。我耐心地像个傻瓜一样连续四个小时坐在这些人身边，听他们谈笑风生，自己却不知道该说什么，更不敢说上哪怕一句话。我坐得全身都麻木了，好几次我感觉自己在出汗，我坐在那儿发呆，感觉我的大脑似乎被麻痹到瘫痪了；不过，这对我来说是有好处的，起码，回家之后，我有很长一段时间断绝了和人类拥抱相处的念头。

但话又说回来，我好像还有一个熟人——西蒙诺夫，他是我中学时代的老同学。事实上，我有很多的中学同学就住在彼得堡，但我从不与他们交往，即便在街上与他们迎面相逢，我都不愿意同他们打声招呼。就连我调到我现在的部门，很大程度上都是为了避开和他们有什么牵扯，我希望就此与我那可恨的童年一刀两断。我诅咒那所学校，我诅咒那些令人想起来都为之后怕的艰苦岁月！简而言之，我一出校门获得自由之后，就马上与同学们分道扬镳了。和我仍然保留着点头之交、见面时勉强还能打声招呼的只有两三个人，其中一个正是西蒙诺夫，他在学校里并不算是什么佼佼者，他行事稳重，待人宽厚温和；不过，我在他身上看见了具有独立性的人格，甚至应该称得上是刚毅正直——我甚至不认为他是一个目光短浅的愚蠢之人。我曾经和他相当要好，这是一段相当愉快的时光，但造化弄人，好景不长，不知何故，我们的关系突然笼罩上了一层迷雾。他显然对这些回忆感到痛苦煎熬，而且，他似乎总在担心我会旧事重提。我怀疑他对我耿耿于怀，但我还是经常去探望他，因为我还拿不准他是否真的对我恨之入骨。

因此，有一次，那天是星期四，我实在忍受不了孤单寂寞，又知道安东·安东尼奇那天会闭门谢客，我忽然想到了西蒙诺夫。在我爬上四层楼去寻找他的住所的路上，我早已预料到他对我的厌烦，也许去看他也是枉然。但是，这种事情总会走向司空见惯的结局：我的想法总是环绕着我，挥之不去，反而更加迫使我钻进了这个进退两难的窘境，因此，我推门而入。而在此之前，距离我上次见到西蒙诺夫，已经差不多过去快一年了。

3

在他家里，我碰巧遇到了我的两个老同学。看样子，他们似乎在讨论一件重要的事情。他们几乎没有注意到我的到来，对我的存在视若无睹，这简直太奇怪了，因为我跟他们已经很多年都未曾谋面了。很明显，他们把我看成是一只最平常不过的苍蝇。即便当年在学校，那时大家都对我恨之入骨，我也未曾受到过如此冷待。行了，我有自知之明，他们现在肯定会鄙视我，因为我仕途失意，穷困潦倒，因为我不修边幅，蓬头垢面，等等——这一切落入他们眼中，自然成了我碌碌无能和人微言轻的证明。但我还是没想到，他们对我的蔑视竟然达到了如此地步。甚至连西蒙诺夫对我的出现都感到非常惊讶。虽然他以前也总对我的到来感到惊讶。这一切使我尴尬得无所适从：我满面愁容地坐下来，开始听他们在谈论什么。

他们正在一丝不苟而兴高采烈地谈论一场告别晚

宴，这几位先生准备在明天一起为他们的同学兹维尔科夫饯行，他是一名即将前往遥远省份的军官。这个兹维尔科夫也曾是我的中学同学。然而自从我们升入高年级，我就开始对他深恶痛绝。低年级的时候，他还只是一个大家都喜欢的漂亮又机灵的男孩。然而，我从低年级时就讨厌他，就是因为他的漂亮和机灵。他的学习成绩一直不好，而且越学反而越差；但是，他却顺利从学校毕业了——因为他背后有靠山。在我们上学的最后一年，他获得了一大笔遗产，继承了一个拥有两百名农奴的庄园。鉴于我们大家都一穷二白，他竟在我们之间趾高气扬地炫富。他是一个极其粗俗，但同时又不缺乏善心的人，即使在他炫富吹牛的时候也是如此。至于我们这些人，尽管我们经常高谈正直和尊严，但这些都是虚有其表、天花乱坠的纸上谈兵。除了极少数几个人之外，几乎所有人都在兹维尔科夫面前卑躬屈膝，对他溜须拍马，这也让他更加目中无人了。我们的巴结讨好并不是奢望获得什么好处，而是因为他是天纵奇才。不知为何，在我们当中，兹维尔科夫是大家公认的八面玲珑、风流倜傥的大方之家，最后这点尤其让我愤愤不平。我痛恨他高调刺耳、狂妄自大的语调；我痛恨他对自己俏皮话的沾沾自喜，尽管他说话时口无遮拦却又巧舌如簧，但这些俏皮话往往愚蠢至极；我痛恨他那英俊潇洒但又傻里傻气的脸（不过，好吧，我倒是很乐意用我这张看起来聪明的脸蛋来和他交换）；我痛恨他那种无所顾忌的四十年代军官的作风；我痛恨他常常吹嘘他如何赢得女人芳心的丰功伟绩（他还不敢放肆地在那时就开始追花猎艳，他还没得到他的军官肩章，正迫不及待地渴盼着呢），并吹嘘他动不动就进行决斗。我记得，有一天的课间，总是沉默寡言的我突然和兹维尔科夫吵了起来，他当时正在和同学们大肆谈论他未来的风流韵事，最后竟然像阳光下的小狗一样神气，得意洋洋地宣称，他不会放过他们村里的任何一个女孩，这叫作初夜权，要是农民胆敢抗议，他就用鞭子狠狠地鞭挞他们，还要让这些留胡子的流氓交加倍的税金。我们班上的那些屈膝逢

迎的乌合之众在卑贱地鼓掌，但我却和他打作一团，这
倒不是完全出于对那些女孩和她们父亲的同情，而只是
因为他们居然在为这样一只臭虫鼓掌。当时，我大获全
胜。不过，兹维尔科夫尽管很愚蠢，但却天性乐观开朗，
而且豪迈豁达，居然一笑置之，因此，实话实说，我感
觉我并没有获得真正的胜利；他还在笑得合不拢嘴。之
后，他又有好几次和我较劲，但没有恶意，好像只是在
嘻嘻哈哈地开个玩笑，随意为之。我愤怒而轻蔑地保持
沉默，对他不予理睬。当我们毕业。准备离开学校时，
他也曾主动向我示好，我倒是没有完全拒绝，因为这足
以令我的自尊心得到满足，但我们很快就很自然地各奔
东西了。后来，我听说他已经当上了中尉，在军营里颇
有成就，也听说了他过着花天酒地的生活。再后来，还
有一些传闻说：他正在部队官运亨通呢。那时候，他已
经开始在街上不和我打招呼了，我怀疑他是害怕向像我
这样微不足道的人打招呼有失身份，因为有损声誉。我
有一次在剧院里遇见了他，我看见他坐在第三层包厢内，

那时他军装制服的肩上已经佩着穗带了。他正卑躬屈膝，向一位老将军的女儿大献殷勤。三年的时间过去，虽然他仍然相当英俊潇洒和风流倜傥，但形象已经不复当年：他看起来有点虚胖，已经开始发福了。可以看出，到他三十岁的时候，他肯定会大腹便便，浑身赘肉。而我的同学们正是为即将要这样离开此地的兹维尔科夫举行送行晚宴。在那三年里，他们一直保持着联系，尽管他们在心里并不认为自己与他处于平等地位——我对此深信不疑。

西蒙诺夫有两位常客，其中一位就是费尔菲奇金，一个德裔俄国人。他身材矮小，样貌刻薄，是个实打实的蠢货，还总爱嘲讽别人。自从低年级起，他就是我的死对头。他是一个厚颜无耻、粗鲁低俗的吹牛皮大王，极好面子，装出一副盛气凌人的样子，但其实，他外强中干，骨子里是个胆小鬼。他是兹维尔科夫的崇拜者之一，出于私心拼命巴结他，并且常向兹维尔科夫借钱。西蒙诺夫的另一位来访者名叫特鲁多柳博夫，是个一点也不起眼的小伙子，是青年军人，个子高挑，面孔冷酷，为人踏实勤恳，但他热衷于追逐各种功名，只会想着谈论升职加薪。他还是兹维尔科夫的某个远房亲戚，说来可笑，仅这一点，竟让他在我们中间赢得了某种高贵的地位。他从来不把我当回事；不过，他对我虽然不太礼貌，但还是可以说得过去的。

"好吧，那就这么说好了，每人出七卢布，"特鲁多柳博夫说，"我们三个人，总计二十一卢布，完全能吃到一顿丰盛的晚餐。至于兹维尔科夫，他当然不用付钱。"

"那是自然，因为是我们请他嘛。"西蒙诺夫肯定地说。

"难道你们以为，"费菲奇金像趾高气扬，急匆匆地插话，活像一个虚荣傲慢的奴才在吹嘘自己将军老爷的星章，"难道你们以为，兹维尔科夫真的会只让我们付钱吗？他会出于礼貌接受我们的邀请，可是，他肯定会自掏腰包买上半打酒的。"

"啊呀，我们四个人哪里能喝得完六瓶酒呀？"特鲁多柳博夫说，他的注意力全在那半打酒上了。

"那就这么说定了，我们三个人，加上兹维尔科夫，总供四个人，二十一卢布，明天五点在巴黎酒店见。"被推举为组织者的西蒙诺夫，如此做出最终总结。

"怎么会才二十一卢布呢？"我有些激动地出声了，声音里似乎还有点委屈；"如果再算上我的那一份，那就不应该只有二十一卢布，而应该是二十八卢布。"

我本以为，我这么突然而又出乎意料地毛遂自荐，实在是优雅漂亮至极，他们定然会立刻被我征服，对我刮目相看，徒生敬意。

"难道你也想加入吗？"西蒙诺夫问，语气却一点也不高兴，甚至在躲避我的目光。他对我的心思居然一清二楚。他对我如此了如指掌，这使我怒火中烧。

"为什么不呢？我勉强也算是他的老同学吧，而且，实话实说，你们把我排除在外，这让我感到很不痛快。"我再次激动起来。

"我们怎么知道尊驾屈居何处呢？"费菲奇金粗鲁地插嘴，这样说道。

"你和兹维尔科夫一向不合。"就连特鲁多柳博夫也皱着眉头补充。但是，既然我已经提出这个想法，那我就不会放弃。

"在我看来，没有人有资格对这事说三道四，"我颤抖着声音反驳他们，好像发生了什么天大的事，"说不定正因为过去我们关系不好，所以我现在更想参加。"

"哈哈，恐怕没有人能理解您的这份……宽广的胸怀吧。"特鲁多柳博夫冷声嘲讽。

"算上您也行，"西蒙诺夫转向我，做出决定，"明天五点钟，巴黎酒店，别弄错了。"

"那钱怎么办？"费菲奇金低声说，向西蒙诺夫指了指我，但刚说出口就又沉默了，这时，就连西蒙诺夫也感受到了深深的尴尬。

"行了，"特鲁多柳博夫站起来说，"既然他这么想凑上来，那就让他来吧。"

"但您得有点自知之明，这只是我们朋友之间的私人聚会，"费菲奇金抓起帽子，怒气冲冲地说，"这又不是什么正式的聚会！有没有可能，我们根本就不想你……"

他们走了。费菲奇金出门时连招呼都没和我打，特鲁多柳博夫也只是勉强点点头，却没有看我一眼。只剩下我和西蒙诺夫留在屋子里，他看上去闷闷不乐，心情低落，用奇怪的眼神看着我。他没有坐下来，也没有请我落坐。

"嗯……好的……那就明天吧。那钱您是现在交吗？我想心里大概有个数。"他尴尬地低声说。

我顿时羞愧满面。虽然我还在愤怒，但我也想起，很久以前，我曾向西蒙诺夫借了十五卢布。不过，虽然我从未忘记这笔债务，可我也从未还给过他。

"你知道的，西蒙诺夫，我到这儿来的时候并不知道……我很抱歉，我没带……"

"好吧，好吧，没关系。你明天吃饭的时候再交吧。

我只是想了解一下情况……请您……"

他不再言语，开始在房间里踱来踱去，明显更为沮丧。他一边走一边用脚跟跺着脚，这样一来，脚步声就愈发响了。

"我应该没有耽误您的事情吧？"沉默了足足有两分钟之后，我问道。

"哦，没有！"他似乎猛然惊醒，回过神来，"噢，我的意思是，说实话，真耽误了。你看，我还得出趟门，离这边不远……"他补充道，能够听出歉意，语气里还有些不好意思。

"噢，天哪！那你为什么不早说呢！"我抓起帽子，高声喊起来，带着一种不知道从哪冒出来的令人惊讶的随意和轻松的语气。

"不远，就在附近，没两步就到了……"西蒙诺夫重复道，一边摆出一副忙忙叨叨的样子送我走到前门，其实这样子跟他本来的性格完全不相符，"那么就这样吧，明天五点整见！"他在楼梯上向我喊道。我走了，他倒是欢欣鼓舞，但我却火冒三丈。

"真是一时糊涂、鬼迷心窍！竟然让我掺和到这件事情里去！"我在街上大步走着，咬牙切齿地想，"还是给一个恶棍，一头像兹弗科夫这样的猪送行！不去！我当然不应该去！没错！我应当嗤之以鼻。难道我跟他之间有什么交情？我明天就到市邮局去，写封信告诉西蒙诺夫……"

但是，我之所以火冒三丈，恰恰是因为我确信，我肯定会去，而且故意要去；我越是不得体，越是不体面，我就越是偏偏要去。

其实，我若不去送行还情有可原，我有一个实实在在的障碍：我没有钱。我手头只剩下九卢布，我还不得不把其中的七卢布给我的佣人阿波罗，作为他的月薪。阿波罗住在我家，平常自己管饭，七个卢布就是我每个月给他的全部工钱。

考虑到他的性格，不给他付钱是不可能的。但是，关于这个混蛋，算得上是我的祸害，以后有机会再说吧。

　　然而，我心知肚明，我终究不会把这个钱当作付给他的报酬，而是一定会用来参加钱行的。

　　那天晚上，我做了很多凌乱又古怪至极的梦。这并不奇怪，因为，一整个晚上，我都沉沦在学校那段悲惨日子的记忆中，心情压抑，这是我无法挣脱的噩梦。我被几个远房亲戚托关系送进学校，我曾受到他们的照拂，然而自从入学之后，他们的境况就从我的记忆里远去了。他们只负责把我硬塞进学校，却没有注意到，在当时，我已经是一个孤独的、被他们责骂成废物的男孩。我闷闷不乐，对周围的一切都感到惊恐不安、无法信任，只好冷冷地用旁观的视角看着每一个人。迎接我的是同学们满怀恶毒的无情嘲笑，因为我和他们中的任何一个人都不像是同一个世界的人。但我无法忍受他们的嘲弄；我不能那么轻易地就跟他们和睦相处，我无法融入他们彼此都很合得来的氛围中。在最开始，我就痛恨他们，我和所有人保持着距离，也拒绝和任何人交往，尽力维持着一种战战兢兢、饱受屈辱又异乎寻常的骄傲，将自己与所有人隔绝。他们的粗鲁野蛮让我看了就来气，他们居然厚颜无耻地对我的样貌指手画脚，还嘲笑我笨拙的身材，然而他们难道不知道自己是一副多么愚蠢的面孔吗！在我们学校里，同学们的脸似乎以一种特殊的方式退化和变蠢。有多少仪表堂堂的男孩进了我们学校，不过几年的光景，他们就变得一个比一个面目可憎了。

那时我十六岁，郁郁寡欢的我已经对他们展现出来的言行深感惊讶了：他们的言行举止如同井底之蛙，他们在做事、娱乐和言谈中暴露出来的无耻真是让我震惊不已。他们不但缺乏许多必要的常识，对那些发人深省、振聋发聩的事物也毫不关心，因此，我理所当然地认为我比他们要更高明。我这么想并不是因为受到我那受伤的虚荣心的驱使，苍天在上，请不要试着用你们那陈腐的官腔官调来反驳我，说什么：我只是在白日做梦，但他们当时却已经懂得世态炎凉了。其实他们什么都不懂，他们对现实生活一无所知，我发誓，正是因为这一点，我才对他们火冒三丈。实际情况恰恰相反，他们以极其愚蠢的态度接受了最显而易见、最触目惊心的现实，而且在那时，他们也只是习惯于对功成名就者顶礼膜拜，却对正义但惨遭侮辱和迫害的一切人事物，都无情且无耻地嘲笑。他们把官衔视作智慧的证明，不过十六岁的年纪，他们就已经张口闭口都是有利可图的肥缺美差了。诚然，这在很大程度上是因为他们愚不可及，以及他们童年和少年时期环绕身侧、耳濡目染的坏榜样。他们狂放不羁，丑陋堕落得令人发指。当然，这也多半只是表面现象，多半是佯装的不知廉耻；当然，即使在他们放荡的时候，也会有一些青春和生机盎然的光芒在他们身上闪烁；但即使是这样的生机盎然，也并不招人喜欢，更何况这份生机的表现形式是他们嚣张的态度。我对他们厌恶到极点，尽管也许我比他们中的任何一个都更糟糕。他们也以同样的方式对待我，毫不掩饰对我的厌恶。但那时的我已经不奢望得到他们的友爱了。恰好相反，我经常渴望遭受他们的羞辱。为了摆脱他们的嘲笑，我开始有意尽我所能在学习上取得进步，并终于在同学中名列前茅。这给他们带来了震撼，同时，这也让他们都逐渐意识到，我已经读过他们都不会读的书，并且掌握了他们闻所未闻的知识（这些知识并不在我们学校课程的教学规划里）。他们对此感到不可思议，依然持有嘲笑和讽刺的态度，但精神上却甘拜下风，尤其是连老师们也开始对我另眼相待了。嘲笑声似乎已经平息，但敌意却依然存在。我和他们之间逐渐演化成一种冰冷而又紧张的关系。最后，我终于无法再忍耐下去了：伴随着年龄的增长，我渴望融入集体，结交朋友的心情也愈发强烈。我开始试着接触一些人，但这样的举动总是显得不太自然，因而最后也自然而然地草草收场了。有那么一次，我结交了一个朋友，但我此时已经成为了精神上的暴君；我想完完全全地掌控他的心灵，试图给他灌输这样一种思想：令他对周围环境产生蔑视，我还命令他高傲地与这个环境恩断义绝。我狂热的情谊把他吓坏了，他泪眼婆娑，浑身发颤。他是一个天真而又顺从的人，然而，当他对我唯命是从时，我却立刻对他产生了浓烈的恨意，恶狠狠将他推开——好像我需要他完全只是为了征服他，让他俯首帖耳地听从我的调遣。可是，我不可能征服所有人；我的这位朋友也一点也不像他们中的任何一个人，他是一个极其罕见的例外。从学校毕业后，我做的第一件事就是辞去分派给我的专业职务，从而斩断一切瓜葛，希望以此诅咒我的过去，让它灰飞烟灭……天知道为什么，在那之后，我竟然又要拖着沉重的脚步慢慢走近西蒙诺夫！……

一大清早，我早早地掀开被子，兴奋地跳下床，仿佛所有我期待的一切马上就要发生。但我相信，我正在迎来我生活的根本性变化，而这个转机必定在今天到来。也许是我还未习惯生活，在我的一生中，每当外面发生了最琐屑的小事，我都会觉得，我生命中的某个根本性转折必然会马上降临。我像往常一样出门上班，但提前两个小时偷偷溜回家，打算做点准备。我想，我肯定不要成为第一个到达的人，否则他们会认为我是在感激涕零，喜出望外。但诸如此类的事情比比皆是，都需要我费心面对，真是让我火急火燎，无法应付。我亲手把靴子又擦了一遍，因为阿波罗是肯定不会一天擦两遍靴子的，他认为这超出了他的职责范围。于是，我从前厅偷偷拿了把刷子，自己擦起了鞋子，期间还要防止被他发现，从此看不起我。然后，我仔细检查了自己的着装，这才发现全都陈旧不堪，看起来脏兮兮的。我很焦虑，我把自己弄得太邋遢了。虽说我的制服确实是很整洁，可我总不能穿着制服就前去赴宴吧。我有一种预感，仅凭这个污点就要减损我十分之九的人格尊严。我也知道，我的这些想法太俗气了。"但现在不是思考这些的时候：我现在需要做的是面对现实。"但想到此，我的心一沉，又灰心丧气了。其实，在那时候我也非常清楚地知道，我过分夸大了事实，将之描绘至触目惊心的地步。但我又能怎么办呢？我已经控制不住自己了，我的身体被寒热病搅弄得发抖，不停地打着哆嗦。我在想象中逐渐陷入绝望，我能想象到，那个"恶棍"兹维尔科夫将会以多么冷酷和傲慢的态度来迎接我；笨蛋特鲁多柳博夫又将会以怎样一种愚蠢的、不可战胜的轻蔑眼光看着我；跟屁虫费菲奇金为了讨好兹维尔科夫，会多么粗鲁无礼地对我嗤之以鼻；而西蒙诺夫将会如何对这一切隔岸观火，并鄙视我卑劣的虚荣心和怯懦畏缩的模样。而最主要的是，这一切是多么微不足道，多么不登大雅之堂，多么庸俗平淡啊。当然，最好的做法是根本不去，但这又是我根本办不到的：一旦有什么事情吸引了我，我肯定会赴汤蹈火，全身心地投入。否则，我将会一辈子都在嘲弄自己："哟，怎么啦？这就害怕啦？你害怕现实了，你真是胆小如鼠！"不是这样的，我只是热切地想向所有的"乌合之众"证明，我绝不是我自己所幻想的那种胆小鬼。更重要的是，即使在若有若无的胆怯和寒热病发作最严重的时候，我也依然幻想着占据上风，战胜他们，吸引他们，最终让他们不得不喜欢我——哪怕仅仅是"为了捍卫崇高的理想和不容争辩的智慧"。这样，他们就会抛弃兹维尔科夫，兹维尔科夫只能独坐在一旁缄默不语，自惭形秽，我终究会彻底打垮他。在那之后，也许我们会冰释前嫌，举杯共饮，为我们永恒的友谊干杯；然而，对我来说，最痛苦和耻辱的其实是，早在那时，我就已经明白，完完全全、清清楚楚地明白，实际上我并不需要这一切，我根本就不想压垮他们，对征服他们毫无兴趣，更别提吸引他们了。就算我真的如愿以偿了，面对这样的结果，我自己也会最先明白这件事一文不值。哦，我虔诚地向上帝祈求，我多么希望这一天快点过去！难以言喻的痛苦伴随着我走到窗前，我打开窗格，凝视着外面灰蒙蒙的、昏暗无比的天空，此时，天空中有湿漉漉的雪花洋洋洒洒地飘落……

终于，我那年久失修的挂钟嘶嘶嘶嘶嘶地敲了五下。我抓起帽子，尽量躲避阿波罗的目光——他从早上开始就在等着我给他结算一个月的工资，只是出于自尊心作祟，他不好意思主动开口——我从他身边一溜烟地逃走，跑到大门口，跳上一辆高级豪华马车——这是我花了最后半卢布租来的，就这样，我像个老爷一样，隆重地驱车前往巴黎酒店。

4

前一天晚上，我就已经预料到，我必定是第一个到达的。但是，问题并不在于我是不是第一个到场。

他们不仅全都无影无踪，而且我几乎找不到我们提前预定的包间，餐桌都还没有准备好。这是什么意思？经过我的多方打听，最后才在服务员那儿得知，宴会的时间定在六点，而不是五点，这也得到了柜台那边的证实。我甚至都耻于继续细问下去。那时候才五点二十五分，如果他们更改了晚餐时间，不管怎么说都应该知会我一声啊！市邮局不就可以办理这种事吗，他们应该这样，而不是让我自己在这里丢人现眼……而且，我甚至在服务员面前"出乖卖丑"。我坐了下来，侍应生开始铺桌子，摆放餐具；鉴于他的存在，我更加羞愧得无地自容。临近六点钟，包间里有点亮着的几盏灯，他们又端来几支蜡烛。可是，侍应生居然没想到，本应该在我来的时候，他们就要立刻把蜡烛拿进来。隔壁的房间里，有两位脸色铁青的客人正在吃饭，两个人各坐一桌，看上去满面怒容，却一声不吭。远处的一个包间里人声鼎沸，甚至有人不停地在大声嚷嚷，还可以听到一群人在开怀大笑，又时不时地传来蹩脚法语发出的尖叫声：那是一桌有太太们参加的晚宴。总而言之，一切都让人无法忍受。我几乎从未经历过比这更糟糕的时刻，以至于当他们在六点全体准时到场时，我竟然一时克制不住地欣喜若狂，看着他们就好像在看我的救命恩人，几乎忘记了我本应该表现出一副满腔怨气的样子。

兹维尔科夫走在他们前面，率先走入房间，一眼就能看出他是这伙人的领头人。他和他们大家都满面笑容；但是，一看到我，兹维尔科夫便端起了架子，慢条斯理地走了过来，惺惺作态地微微欠身，并且向我伸出一只手来。他以一种友好但不过分友好的方式与我握手，带着一种谨慎的、近乎将军般的礼节，仿佛是在把手递给我，同时也是在防范什么。这与我预想的截然相反，我曾以为，他一进来，就会立刻爆发出他惯常的尖细的笑声，而且一开口就要展示他那套索然无味的笑话和一点儿也不俏皮的俏皮话。对此，我从昨天晚上起就做好了心理准备。但我万万没想到他会摆出这样一副高傲、这样一副将军大人般的亲热劲儿。由此看来，他现在已经完全确信，他在各个方面都建立了远超于我优越地位，从而认定我难以望其项背了吧？倘若他只是想用那种将军的派头来侮辱我，我想，那也没关系，我对此吐口唾沫，付之一笑，不再理会就是了。但是，如果他确实不想让我难堪，如果他这个山羊一般的脑袋里所想的确确实实是他已经令我望尘莫及，因而他只能以抚慰者的身份来接待我，那我该怎么办呢？一想到这里，我就一下子喘不过气来。

"得知您也乐意参加我们的聚会，我很惊讶，"他口齿不清，压低着声音，慢慢吞吞地拿腔拿调，这是他过去从未有过的模样，"我跟您似乎总是很难谋面。您总躲着我们。犯不着这样嘛。我们并不像您想象的那么可怕。您看，无论如何，我都很高兴能跟您能重新认——

识——"

说着，他漫不经心地转过身，把帽子放在窗台上。

"您等了很久吧？"特鲁多柳博夫问道。

"我按照你们昨天定下的时间，五点钟准时到场
了。"我忿忿不平地大声回答，愤怒的情绪随时可能会
被点燃。

"难道你没有通知他我们更改了时间？"特鲁多柳
博夫转身对西蒙诺夫问道。

"没有，我忘了。"后者回答，没有丝毫愧疚的意思，
甚至都没有向我道歉，他就跑去点餐了。

"这么说，您在这里等待了整整一个小时？哎呦，
真可怜啊！"兹维尔科夫大声地嘲笑我，因为在他看来，
这一定十分可笑。混蛋费菲奇金也紧随其后，发出了他
那讨厌的小声窃笑，又尖又细，就像小狗在叫。居然就
连他也觉得我的状况狼狈不堪、丢人现眼。

"这有什么好笑的！"我生气地冲费菲奇金喊道，
越来越恼火，"错的是别人，又不是我。有人不屑于告

诉我。这……这……简直太荒谬了。"

"这不仅荒谬，还有点那什么……"特鲁多柳博夫埋怨地说，天真地为我鸣不平，"您也太好说话了。这简直是招待不周啊。当然了，他不是故意的。这个西蒙诺夫，是怎么办事的嘛……唉！"

"如果有人在我身上耍这样的把戏，"费尔菲奇金说，"我就……"

"那您应该吩咐跑堂的先来点什么吃的，"兹维尔科夫打断他说话，补充道，"或者干脆不等我们，直接让他们开席。"

"请你们听我说，我本来完全可以不征得你们的同意就这样做，"我心直口快地说，"我等着你们，那是因为……"

"入席吧，诸位，"西蒙诺夫跨进门来，喊道，"一切都准备好了。我负责的香槟，冰镇得凉沁沁的，可棒了……你要知道，我事先并不知道你的地址，我又能去哪儿找你？"他突然转向我，但不知何故，又一次避开我的视线。很明显，他对我有意见，说不定，这是昨天晚上之后想出来的主意。

大家纷纷落座，我也跟着入席。那是一张圆圆的餐桌。特鲁多柳博夫在我的左边，西蒙诺夫在我的右边，兹维尔科夫则坐在我的对面，费菲奇金挨着他，夹在他和特鲁多柳博夫之间。

"请——问，您……是在政府办公室任职吗？"兹维尔科夫继续关注着我。他看见我陷入窘迫的境地，竟然郑重其事地认为应该安慰我一下，换句话说，想让我抖擞精神。"他这是想做什么？难道他想让我把瓶子砸到他的头上吗？"我愤怒地这样想。由于不习惯这一套，我莫名其妙地、腾地一下冒火了。

"在……某某厅。"我的眼睛盯着盘子，生硬地回答。

"那么……给您的——待遇——优厚吗？请——问，是什么使——得您辞去原来的职务呢？"

"不想干了，想辞职，所以我就辞——职——了。"我无法控制地拖出比他更长的音节，近乎是他的两倍。

费菲奇金扑哧一声笑了起来。西蒙诺夫用嘲讽的眼神看了我一眼。特鲁多柳博夫则停止进食，开始好奇地打量我。

兹维尔科夫讨了个没趣，但他尽量若无其事。

"嗯——嗯——，那您的收入是多少？"

"什么收入？"

"我是说，您的工——资？"

"怎么，你这是在盘问我吗？"

然而，我还是立马告诉了他我的工资是多少，我脸顿时涨得通红。

"太少了。"兹维尔科夫煞有介事地说。

"是啊，连去咖啡馆吃一顿都做不到呢！"费尔菲奇金傲慢地补充道。

"照我看，这简直少得让我觉得可怜。"特鲁多柳博夫郑重其事地说。

"比起以前的那个时候……您瘦多了，也今非昔比了……！"兹维尔科夫虚情假意地补充道，声音中带着一丝恶毒，用一种饱含傲慢的同情的目光扫视着我和我的衣服。

"哦，好了，别再让人家难堪了。"费尔菲奇金吊儿郎当地笑着，大声说道。

"我亲爱的阁下，告诉您吧，我没有感到难堪，"我终于爆发了，"请您好好听着！我在这里吃饭，在咖啡馆吃饭，花的都是我自己的钱，是我自己的，而不是别人的——请您注意这一点的措辞，费尔菲奇金先生。"

"怎——么？这里不是每个人都是自费用餐吗？您看起来……"费尔菲奇金朝我反驳，脸红得像龙虾，火冒三丈地看着我。

"对——呀，"我应承着，感觉自己似乎做得太过分了，"我想，我们说话最好还是理智一些。"

"看来，您是想卖弄您的才学吧？"

"请放心，在这里，智慧是完全多余的东西。"

"既然如此，我的先生，那您在咕哒咕哒地嚷嚷什么——啊？莫非您在这个'瓶'里待得太久，以至于已经开始发疯啦？"

"够了，各位，我说够了！"兹维尔科夫权威地喊道。

"真扫兴！"西蒙诺夫抱怨地说。

"这确实扫兴！我们几个好朋友相聚，想为好朋友送行，而您却来计较恩怨是非，把这里的局面搅得一团糟，"特鲁多柳博夫冲我一个人粗鲁地说，"昨天可是您自己死皮赖脸硬要来参加我们的聚会的，您可别破坏了大家原本和谐的气氛……"

"好了，好了！"兹维尔科夫喊道，"别再说啦，诸位，这成何体统。现在最好还是听我来跟你们讲一讲，我前天差一点就要结婚的事情……"

就这样，关于这位先生两天前差点结婚的荒诞离奇的故事开始了。然而，故事中关于这场婚事只字未提，反倒是频频提及那些将军、上校还有一些宫廷侍从，这些人几乎都对兹维尔科夫唯命是从。听众都报以赞许的大笑，费尔菲奇金甚至笑得尖叫起来。

大家撇下我不管，把我扔在一旁，我只能沮丧而又压抑地枯坐着。

"天啊，我怎么跟这些人掺和到一块儿了呢！"我思考着，"我在他们面前，表现得就像是一个大傻瓜！而且，我也太宽容那个费尔菲奇金了，这群混蛋竟然以为，请我在这桌酒席上落座是给我面子，殊不知，是我在给他们面子，而不是他们赏脸给我！还说瘦多了！还看我的衣服！噢，我这该死的裤子，兹维尔科夫肯定早就看见了我膝盖上的黄色污渍……那我干吗还呆在这儿！我要立刻起身，马上离开餐桌，就在这一刻，戴上我的帽子，一声不吭地一走了之……以此展示我对他们的蔑视！哪怕我明天就要跟他们决斗一场！这群流氓，我可不是因为舍不得这七卢布。也许，他们大概会以为……算了，见鬼去吧！我不在乎这七卢布。我现在就走！"

当然，我还是留下来了。

我给自己灌酒，以期减缓心中的愁绪和痛苦，一杯接一杯地喝着拉菲特酒和赫雷斯酒。由于我平时没有喝酒的习惯，我很快就醉倒了。我心中的懊恼被酒浇灌得越演愈烈。我突然渴望以最蛮横的方式侮辱他们，然后扬长而去。我要抓住这个时机，展示我的能力，这样他们就会说：尽管他很可笑，但他很聪明……而且……还有……总而言之，让他们见鬼去吧！

我醉眼惺忪，野蛮无礼地扫视着他们所有人。但他们似乎完全把我忘到了九霄云外。他们在那儿热闹非凡地谈笑风生，兹维尔科夫一直在滔滔不绝地妙语连珠，我侧耳倾听。他说起了一位雍容华贵的女士，宣称他最后终于诱使她表白了（当然，这是他在信口开河），他还提到，他在这件事上是如何得到他的一位知心好友——一位拥有三千农奴的骑兵军官——科利亚公爵的帮助的。

"可是这位有着三千农奴的科利亚，怎么今晚没有来这儿给您送别呢？"我冷不丁地插嘴道，所有人顿时都缄默不言了。

"您已经醉了。"特鲁多柳博夫终于屈尊注意到了我，轻蔑地斜着眼睛，朝我的方向看了一眼。兹维尔科夫一声不吭地打量着我，就像在看一只臭虫。我垂下了眼睛，西蒙诺夫赶忙往大家的杯子里倒满香槟。

特鲁多柳博夫举起了酒杯，除了我以外，其他人都紧随他举起了酒杯。

"祝你健康，祝一路平安！"特鲁多柳博夫对兹维尔科夫高声喊道，"诸位，为了逝去的往昔，也为了我们的未来，干杯！欢呼！"

他们碰杯，随后一饮而尽，跑过去围在兹维尔科夫身边热切地亲吻他。但我丝毫未动，我的酒杯原封不动地放在我面前，里面的酒还是满的。

"怎么，难道您不喝吗？"特鲁多柳博夫失去了耐心，气势汹汹地转向我，冲我怒吼。

"我想亲自致辞，单独敬酒……等到那之后我再干杯，特鲁多柳博夫先生。"

"真是个讨厌至极的坏家伙！"西蒙诺夫喃喃地抱怨。

我坐在椅子上，挺直了身子，颤抖地拿起酒杯，准备说出一番一鸣惊人的敬酒词，尽管我自己也不知道我接下来将要说什么。

"安静！"费尔菲奇金喊道，"看看，了不起的聪明人即将闪亮登场！"兹维尔科夫神色肃穆地等待着，他对接下来会发生的事情心知肚明。

"兹维尔科夫中尉，"我开口了，"你可曾知晓，我痛恨漂亮但空洞的场面话，痛恨巧舌如簧者，更痛恨相处时的惺惺作态……这是第一点，下面，我说说第二点。"

所有的人都开始坐立不安了。

"第二，我痛恨风流韵事，更痛恨好色之徒，尤其是风流成性之徒！"

"第三，我推崇正义、真理和诚实，"我几乎是机械地继续说下去，因为我自己都吓得浑身颤抖，我不明白自己怎么会说出这些话来，"我热爱思想，兹维尔科夫先生，我追求真正的友情，渴望平等相待，而不是……

嗯……我爱这些……但是，为什么说这些话呢？我同样为您的健康干杯，兹维尔科夫先生。您去引诱那些切尔克斯的女孩吧，去消灭祖国的那些敌人吧，还有……去吧……祝您健康，为此干杯，兹维尔科夫先生！"

兹维尔科夫从座位上站起来，向我鞠躬致意，说：

"非常感谢。"

他仿佛受了极大的侮辱，脸色苍白。

"该死的家伙！"特鲁多柳博夫咆哮着，一拳头砸在桌子上。

"真是忍不了，真应该扇他一耳光！"费尔菲奇金尖叫道。

"我们应该把他轰出去！"西蒙诺夫恶狠狠地说。

"各位，别说了，也别动手！"兹维尔科夫严肃地制止，抑制住了大家的愤慨，"我感谢大家，但我可以向他说明，我对他的话有多么重视。"

"费尔菲奇金先生，就冲着您刚刚说过的那些话，明天您必须答应我的一个要求！"我咄咄逼人地向费尔菲奇金大声喊道。

"您的意思是要决斗啰？甘愿奉陪。"他回答。但是，大概是我提出挑战的样子太过滑稽，而且我的外表与决斗二字太不相称了，他们所有人都放声大笑，费尔菲奇金都笑得快要趴在地上了。

"答案还用得着说吗？不用理他！他完全就是喝醉了！"特鲁多柳博夫说着，脸上带着极其厌恶的神情。

"我永远不会原谅自己的，我居然让他加入了聚会！"西蒙诺夫再次抱怨。

"我现在应该拿起酒瓶朝他们头上扔过去，"我心里这样想，我拿起瓶子，然后……酒液倒满了我的杯子。

"不，我最好还是等到最后，"我继续思考，"要是我走了，各位，那你们可将要欢天喜地了。我偏不，我偏要坐在这儿喝到最后，喝到酒终人散，这样，就足以说明我根本没把你们放在眼里。我偏要继续坐着喝酒，就凭这里是酒馆，而我来这里可是付了钱的。我偏要继续坐着喝酒，因为我把你们看作无名鼠辈，人微言轻的无名鼠辈。我偏要继续坐着喝酒……我还要唱歌呢，只要我想唱歌的话，对，我就要唱，当然是因为我有这种权利……我当然可以唱歌……哼。"

但是，我没有唱歌。我只是尽量不去看他们中的任何一个人，摆出了一副特立独行、桀骜不驯的态度，却又迫不及待地等着他们先对我开口。但是，唉，他们就是不愿意对我开这个尊口！此时此刻，我是多么、多么希望与他们把手言欢，重归于好啊！时钟敲了八下……终于，敲了九下。他们离开了餐桌，挪到沙发上。兹维尔科夫在有靠枕的沙发上斜躺着伸展身体，一只脚搭在一张圆桌上。他真的给他们带来了自己的三瓶酒。当然，他们没有邀请我过去。大家众星捧月地围着他坐在沙发上。他们几乎怀着崇敬的心情听着他的话。显而易见，他们都很喜欢他。"为什么？凭什么？"我抓耳挠腮地纳闷了。偶尔，他们还会在醉酒后的冲动中互相亲吻。他们扯东扯西地谈天说地，谈谈高加索，说说什么才是真正的激情，聊聊比尔加克纸牌游戏，或者探讨机关里的肥缺；他们还会好奇素未谋面的骠骑兵波德哈尔热夫斯基每天赚多少钱，并因为他的财源广进而兴高采烈；他们还议论绝代佳人伯爵夫人的国色天香和优雅风度——其实他们谁也没见过她；到最后，他们甚至还谈到莎士比亚的永垂不朽。

我在房间的另一头轻蔑地笑着，我正对着沙发，沿着墙壁，在餐桌到炉子之间转来转去。我想尽了办法向他们证明，没有他们我照样能在这儿待得很好。但与此同时，我故意用靴子发出声音，脚后跟踏着地面，砰砰作响。但这一切都是徒劳的，他们这伙人根本就是在置若罔闻。我耐着性子，就这样走着，走给他们看，从八点到十一点，一直沿着那个路线，从餐桌到炉子，再从炉子到餐桌。我自顾自地走来走去，没有人能阻止我。走进房间的服务员时不时停下来看着我。频繁的转身把我的脑袋都转晕了，有时我觉得自己好像意识模糊，仿佛在梦里。在那三个小时里，我的衣服三次被汗水浸透，又三次被我自己焐干。有时，一想到十年、二十年，又或者四十年？即便在四十年以后，我也会记得此时此刻，我依旧会带着深深的厌恶和屈辱回忆起这一刻，回忆起我整个一生中最为肮脏、最为可笑又最为屈辱的时刻，我的心就会被深深地刺痛，感受到刻骨铭心的痛苦。再也不会有比此刻更恬不知耻、更甘之如饴地糟践自己时候了。我完全清楚地明白这一点，但我仍然在餐桌和炉子之间踱来踱去。"哦，如果你们能够知道我的感情有多么丰富，思想有多么深刻，我的道德修养又是有多么高尚，那该多好！"我心里想着，在心里面对坐在沙发上的几个敌人说。然而，我的仇敌们根本无心关注我，都在自娱自乐，似乎包厢里根本没有我的存在。有一次——也就只有那么一次——他们一起转向我，那时候，兹维尔科夫刚好正在谈论莎士比亚，我突然轻蔑地哈哈大笑。我装腔作势地扑哧一声，不怀好意地笑着，他们立刻中断了谈话，沉默而严肃地注视了我两三分钟，他们神色严峻，毫无笑意，看着我沿着墙壁，从餐桌走到炉子前，丝毫不把他们放在眼里。但什么也没发生：他们什么也没说，两分钟后他们又将我冷落在一旁了。后来，时钟敲了十一下。

"朋友们，"兹维尔科夫从沙发上站起来，大声说，"我们现在都走吧，一起去那个地方。"

"当然，当然，"其他人附和着同意。

我猛地转向兹维尔科夫。我痛不欲生，内心饱受煎熬，哪怕一刀砍向我的脖子，砍掉我的脑袋，都可以！我只希望早点结束这一切！我的寒热病发作了，我那被汗水浸湿了的头发，此刻正耷拉地粘在前额和太阳穴上。

"兹维尔科夫，请您原谅我，"我突然坚决地说，"费尔菲奇金，我也请求您的原谅，我请大家原谅，我请求所有人的原谅：我得罪了你们所有人！"

"啊哈！决斗可不是儿戏啊！"费菲奇金恶毒地挖苦我。

我的心像被恶狠狠地捅了一刀。

"不，我不害怕决斗，费尔菲奇金！我准备明天就

与你决斗，但是，这得在我们冰释前嫌以后。我坚持要

决斗，你不能拒绝我。我要向你证明，我从不害怕决斗。

我让您先开火，而我向空中开火。"

"他不过是在自我安慰。"西蒙诺夫说。

"他简直是痴心妄想！"特鲁多柳博夫附和说。

"我只想请您让我们过去。您挡住了我们的路……

您到底想要做什么？"兹维尔科夫满脸鄙夷地回答。他

们一个个都脸颊通红，眼睛却明亮：他们都喝多了。

"兹维尔科夫，我请求得到您的友谊；我得罪了您，

但是……"

"得罪了我？您？——得罪了我？您要清楚，阁下，

在任何情况下，您都无法得罪、羞辱我。"

"您也该闹够了吧，滚开！"特鲁多柳博夫最后说。

"奥林匹娅是我的，朋友们，说好了！"兹维尔科

夫喊道。

"我们不会跟您抢的，我们不跟您争！"其他人嬉

皮笑脸地回答。

我饱受屈辱地站在那里。这伙人喧闹地走出房间，特鲁多柳博夫在哼唱一首无聊的小调。西蒙诺夫稍微逗留了一会儿，他要给服务员小费。这时，我突然走到他面前。

"西蒙诺夫！借给我六卢布！"我下定决心，也有着深深的绝望。

他惊讶得目瞪口呆地看着我，显然，他也喝醉了。

"难道你也要和我们一起去吗？"

"是的。"

"我没钱！"他厉声说，轻蔑地冷笑，走出了房间。

我一把抓住他的大衣，又仿若置身于一场噩梦。

"西蒙诺夫，我看到你的钱了。你干吗不肯借给我？难道我是个无赖吗？要是你不借给我，那你可要小心了：如果你知道，倘若你知道我是为什么要借这个钱！这关乎到我的全部，我的整个未来，我的整个计划……"

西蒙诺夫掏出了钱，几乎是把它扔给我。

"拿去！既然你这么无耻。"他冷酷无情地说，然后就跑过去追他们的步伐了。

我独自一人在房间里待了一会儿，这里面混乱不堪，桌上满是残羹剩菜，地板上躺着碎酒杯、洒出来的酒、一截截的烟头。醉意上涌，我的脑袋晕乎乎的，而那个亲眼看见了一切、亲耳听到了这一切的服务员正在好奇地凝望着我，注视着我的眼睛。

"我要去那里！"我大喊道，"要么他们都跪下来，抱着我的腿，来乞求我的友谊，要么……要么我去给兹维尔科夫一记耳光！"

5

"就这样，就是这样，这才是真正与现实生活的拥抱，"我一边喃喃自语，一边飞一般地朝下跑去，"看看，这既不是教皇离开罗马前往巴西！这也不是科莫湖畔的舞会！"

"你真是个无赖，"我脑海中闪过一个念头，"到这种时候了，你居然还在嘲笑这件事！"

"随便吧！"我大声地回答自己，"反正，现在一切都完了！"

早已无法探寻他们的踪迹了，但这无所谓，因为我知道他们去了哪里。

台阶上站着一个孤零零的夜班拉客的马夫，穿着粗呢子外套，身上沾满了雪花。雪花仍在飘落，纷纷扬扬，湿漉漉的，但是似乎又带着些许暖意。天气是潮润润的，又令人感到窒闷。他那匹毛茸茸的花斑小马也被飘落的雪点缀，时不时地打着响鼻——那一刻的情景我至今历历在目。我冲向那辆粗制滥造的雪橇，一跃而上，但在我刚想坐下的时候，却突然想起西蒙诺夫刚刚把六卢布扔给我的模样，顿时身心俱疲，我的身体软得就像面粉袋一样，瘫倒着掉进了雪橇里。

"不，我必须付诸我全部的努力来补偿这一切，"我大声喊着，"否则，要么我挽回这一切，要么就在今晚当场赴死。走！"

我们出发了。我浮想联翩，思绪犹如旋风在我的脑子里经过，脑海一片混乱。

"他们不会跪下来乞求我的友谊——绝对不会，这就像是海市蜃楼，是让人鄙视又俗气的、浪漫却脱离实际的痴人说梦，就像科莫湖畔开办的另一场舞会。所以，我必须要给兹维尔科夫一耳光！我非扇不可，就这样，无可更改。我现在是要飞奔过去给他一个耳光。"

"快点！"

车夫把缰绳拉得更紧了。

"我一走进去就给他一耳光，我要不要在扇他巴掌之前说几句话呢？作为我扇人的序言？不，干脆我一进去就动手。他们肯定都坐在客厅里，而他和奥林匹娅会一起坐在沙发上。那个该死的奥林匹娅！有一次，她竟然敢嘲笑我的样貌，并且拒绝我。我要扯奥林匹娅的头发，至于兹维尔科夫呢，我要把他的两只耳朵全都揪住！不，最好还是一只耳朵，揪着他满屋子乱窜。也许他们会一起上来围殴我，想把我踢出去。这肯定是毋庸置疑的。随便你们怎么样，反正我先扇他一巴掌，主动权在我，而根据荣誉法则——这已经足够了：他将蒙受奇耻大辱，任何殴打都洗不清他挨这记耳光的耻辱——除非他进行决斗，不，他必须要战斗，哪怕让他们现在就来打我。随便他们去吧，你们这群忘恩负义的卑鄙小人！揍我最凶狠的无疑是特鲁多柳博夫，他虎背熊腰，身强力壮；而费尔菲奇金一定会从侧面来抓我，而且必定是来扯我的头发，这肯定也是毋庸置疑的。但没关系，随他们去吧！这就是我要去的目的。他们那些山羊一样的脑袋早晚有一天会从中品味到这一切悲惨的滋味！当他们快要把我拖到门口时，我会对他们大声宣告：事实上，他们甚至都比不上我的一根小指头。"

"快跑，赶车的，跑快点！"我向司机大喊。他吓得猛地打了个哆嗦，甩了甩皮鞭，我的叫声实在是够狂野的了。

"我们天一亮就要决斗，这是板上钉钉的事。厅里的差事差不多算是完蛋了。费尔菲奇金刚才还故意把

'厅'说成了'瓶'。但是，我在哪里能弄到手枪呢？很简单，我可以预支工资，买上一把。那火药和子弹呢？这就是决斗的证人要管的事了。怎么能在天亮前完成这一切的准备呢？我又可以去哪里可以找到证人？我又没有熟人呀……废话！"我大叫，思维的风暴越来越猛烈了，"这没关系！我会对我在街上遇到的第一个人发出请求，他当然有义务做我决斗的证人，就像他绝对有义务要把一个溺水的人从水里救出来，这是义不容辞的。应当允许这种偏离常规的非常之举。即使我明天哪怕要求司长本人做我的证人，他也必须同意——哪怕只是出于骑士精神，并且还要保守秘密！安东·安东尼奇……"

实际的问题在于，就在那一瞬间，我比全世界任何一个人都更清楚、更明白地意识到，我的这些设想真是丑恶至极、荒谬绝伦，我也同样能够意识到我的行为会招致什么样的恶果。但是……

"快跑，车夫，跑快点儿！混蛋，你快跑啊！"

"好嘞，老爷！"那农夫回答说。

我突然打了个寒战。

"要不……最好是……现在直接回家，不是更好吗？噢，我的上帝啊！为什么啊！为什么我昨天自告奋勇要参加这个晚宴？但是，不，我是不可能不参加的。我又为什么从餐桌到火炉来来回回走三个小时？不，是他们，不是其他人，就是他们必须为我的来回走动付出代价！他们必须为我洗刷这种耻辱！

"继续跑！跑快点！"

"要是他们把我扭送到警察局拘留了，那该怎么办？不，他们没有这个胆量！他们肯定害怕闹出丑闻。要是兹维尔科夫对我嗤之以鼻，拒绝跟我决斗，我又该怎么办？这依然是毋庸置疑的。但是，到时候我会证明给他们看……等到他明天出发时，我会直奔驿站，在他即将登上车的紧要关头，我会紧紧抱住他的一条腿，扯掉他的外套。我还要用牙咬住他的手，狠狠地咬他一口。'你们看哪，看看他把一个绝望的人逼到怎样山穷水尽的地步啦！'那就让他打我的头好了，就让其他人跟上来揍我好了。我要当着所有人的面大喊：'你们看哪，就是这只狗杂种，脸上还挂着我啐他的唾沫呢，就要准备去勾引切尔克斯女孩了！'

"当然，在那之后，我的一切都完蛋了！厅里的差事将荡然无存，我将被逮捕，受到审判，我将被解雇，被赶出机关、关进监狱里，遣送到西伯利亚进行流放。这些都没关系！十五年后，我刑满释放。那时的我，穿着破烂的衣服，和乞丐没什么两样，慢慢地四处探听他的消息。我将会在某个省城里找到他，他已经成了家，生活得幸福又美满，还有了一个已经成年的女儿……我要对他说：'看看吧，恶棍，你看看我这凹陷的脸颊和这一身的破衣烂衫！我失去了一切——我的事业前程、我的幸福、我的艺术生涯、我的科学、我心爱的女人，这一切都是拜你所赐。这里是两把手枪，我是来卸空我手枪里的子弹的，并且……并且原谅你。'接着，我向空中开了一枪，从此，我就杳无音讯了……"

我甚至都开始哭泣了，尽管那一刻我很清楚，这一切都是在套用西尔维奥的故事，还杂糅了莱蒙托夫的《假面舞会》。忽然间，我感到羞愧难当，我羞愧得叫马车停下来，走下了雪橇，站在街中央的雪地里一动不动。车夫莫名其妙地望着我，惊讶地长叹一声。

我该怎么办？到那儿去是不行了——那简直是在胡搅蛮缠，但就此善罢甘休也不可以，因为已经闹出笑话了……"天啊，怎么能半途而废呢！而且，还是在蒙受了这样的侮辱之后？不！"我大喊，又一次跳进雪橇里，"这是命中注定的！这就是命运！快跑，跑快点，到那里去！"

我火急火燎地一拳就朝雪橇车夫的脖子后面打去。

"你干什么？你干吗突然打人？"车夫喊道，但他还是猛然连连鞭打自己的驽马，马的后腿开始尥起了蹶子。

湿漉漉的雪花成片地飘落着，纷纷扬扬；我敞开了自己的大衣，任凭雨雪霏霏，任凭天寒地冻，我早已将其他的一切抛诸脑后，因为我终于下定决心去扇他一巴掌，并且我心惊胆战地感觉到，这一切马上就要无可避免地发生，就在我眼前发生，已经没有任何力量可以阻止它了。马路上空荡荡的，废弃的路灯淹没在纷纷扬扬的大雪之下，在蒙蒙昏暗中闷闷地闪着光，若隐若现，犹如葬礼上的火炬。雪飘进我的大衣、礼服、领带下，并在其中融化。我没有把衣服裹紧，毕竟，即使没有这些雪花，我也早已失去了一切。我们终于抵达了目的地。我几乎浑浑噩噩地跳了出来，跑上台阶，开始对门敲击踢打。我的两条腿，尤其是膝盖部分，感觉软弱无力。不知为何，门很快就打开了，好像他们早就知道我要来似的。（的确，西蒙诺夫已经提前告知过他们，也许还会有人要来，而来这里是必须提前预约的，并且通常还必须采取预防措施。这是当时数量众多的"时髦商店"中的一家，现在早已被警方取缔了。在白天，它是名副其实的商店；但在晚上，必须经人介绍，才能进去做客。）我迅速穿过黑暗的店铺，走进熟悉的客厅，那里只有一支蜡烛在燃烧，我怅然若失地站定在那儿：这里一个人也没有。

"他们在哪里?"我向别人询问。

当然,他们已经功成身退,及时散开回家了。

站在我面前的是一个傻笑的人,这是"老鸨",她以前见过我,对我多少有点印象。过了一会,门又打开了,另一个人走了进来。

我对什么都不以为意,只是大踏步地在房间里走来走去,似乎还在自言自语地嘟囔。我感觉自己好像死里逃生了,而且全身心都在为此欢呼雀跃:要知道,我原本是来扇别人巴掌的,而且我一定要、绝对要扇!但现在他们全都不知其踪……一切都化为泡影了!一切都截然不同了!我环顾四周,还在迷迷糊糊,没有完全回过神。我无意识地看向刚进来的那个女孩,瞥见了一张清新、年轻而苍白的脸,两道直溜溜的黑眉毛,眼神严肃,神情似乎有些惊讶。这倒使我立刻喜欢上了她;如果她满面笑容,我反而会痛恨她。我开始一心一意地打量她,还是很费劲地看。我还没有完全理清思绪,不太能集中精神。她的脸上有一种淳朴而善良的表情，但却出奇地不苟言笑。我确信，她会因为这点而没什么名气，那些笨蛋中没有人能注意到她。说实话，她不算是个美人，虽然她个子很高，健壮而有力量，身材匀称。她穿得很朴素。某种下流的欲望在我心里翻腾，我径直走向她，走到她的面前。

我偶然往玻璃里看了看，我那张惊慌失措的脸让我恶心到了极点，苍白，凶恶，卑鄙无耻，头发蓬乱。"没关系，我就喜欢这样，"我想，"我就喜欢她看到我感到恶心，这会让我喜笑颜开的。"

6

……在隔板的后面，在那的某个地方，仿佛受到了重物的压迫，又像是被人勒住了脖子，挂钟发出声嘶力竭的响声。在极其漫长的不自然的嘎呀声之后，接着又响起了尖细难听的、有点像是突如其来的急促的打更声——好像有人突然向前跳出来了似的。时钟敲响了两下。我蓦然清醒，虽然我根本就没睡着，只是似睡非睡地躺在那里。

房间狭窄，空间紧巴巴的，这矮低低的房子里几乎一片漆黑。巨大的衣柜占据了很大的空间，成堆的纸箱和各种各样的杂物几乎将屋内蹲满了。房间尽头的桌子上，一直在燃烧的蜡烛头快要熄灭了，只是不时发出微弱的闪光。要不了几分钟，房间内就会一片漆黑。

我很快就恢复了清醒，毫不费力地想起了所有事情，好像它们伴随着记忆一直在守候着我，随时准备再次占据我的心间。而且，即便在昏昏沉睡中，我的记忆里也总是有一个怎么也无法忘怀的圆点，我那些惺忪的幻想皆在围着这个点沉重地翻腾。但奇怪的是，今天发生在我身上的一切，当我现在醒来时，似乎都已经成为遥远的过去，似乎我早已经把这一切甩在身后了。

我的头脑中有一种不可抑制的冲动在跃跃欲试，似乎有什么东西在我的脑海盘旋，唤醒我，刺激我，让我坐立不安。忧愁和怨恨似乎再次沸腾，涌上我的心头，寻找宣泄的出口。突然，我注意到，在我的耳朵旁边有两只睁得大大的眼睛，它们正好奇而执着地打量着我。那双眼睛透露出的目光冷漠而阴郁，闷闷不乐，好像和她的距离遥不可及，这让我感到难受。

一个阴暗的想法闯入了我的脑海，这个想法伴随着恶心感蔓延了我的全身，就像我走进了潮湿发霉的地窖。那两只眼睛恰好直到现在才开始细细打量我，这是多么反常。我回想起来，刚才连续两个小时的时间里，我一句话也没跟这个人说过，我认为完全没必要这么做，不知为何，这种沉默在此之前甚至让我感到欣慰。直到此刻，我方才清楚地意识到：我们之间没有爱意，粗鲁而无耻，跨越了真正爱情水到渠成的过程，直接行使这样的亲密举动，这是多么荒诞的淫乱举动，像蜘蛛一样恶心，不成体统。我们久久地对望着，但她没有在我的注视下垂下视线，也没有改变自己的眼神，不知为何，最后反倒是我感到毛骨悚然了。

"你叫什么名字？"我生疏地问道，以期早点结束这一切。

"丽莎，"她轻声说，近乎耳语，但似乎有点冷冰冰的，还把目光转向别处。

我沉默了几秒。

"今天的天气……在下雪……糟糕透了！"我几乎是在自言自语，沮丧地把胳膊枕在头下，凝望着天花板。

她没有回答。这一切真是荒诞不经。

"你是彼得堡本地人吗？"过了一小会，我把头稍稍转向她，用略带生气的口吻询问。

"不是。"

"从哪儿来？"

"里加。"她勉强地答了。

"德国人？"

"不，俄罗斯人。"

"早就来这儿了？"

"哪里？"

"就这个会所。"

"有两周了。"她说话越来越缓慢、生硬。蜡烛已经彻底熄灭了，我也看不清她的脸了。

"父母还在吗？"

"对……不……嗯，在的。"

"他们在哪？"

"在那里……在里加。"

"他们是干什么的？"

"哦，没什么。"

"什么叫没什么？干什么，干哪一行的？"

"普通市民。"

"你从前一直和他们住在一起？"

"是的。"

"你多大了？"

"二十岁。"

"那你为什么离开他们？"

"这个……"

"这个"回答的意思是："别再烦我了，烦人。"我们都默不作声了。

天知道我为什么不就这样一走了之。我也越来越心烦意乱，越来越忧愁苦闷。过去一整天所遗留下的种种回忆，不受我意志的控制，竟混乱不堪地自动掠过我的脑海。我突然想起这天早上，我担惊受怕地一路小跑着前往办公室时，在大街上看到的一幕情景。

"今天我看到他们抬着棺材出来，棺材差点没掉在地上。"我突然开口说话了，我根本没有开口说话的欲望，几乎是下意识地脱口而出。

"棺材？"

"是的，在干草市场；是从地下室里抬出来的。"

"地下室？"

"不是从地下室里，而是从最底下的那一层楼……你知道，那下面……从妓院里……到处都是污泥……蛋壳、垃圾……臭气冲天，脏得让人恶心。"

一片死寂。

"选择今天下葬可真是糟糕！"我又开口了，只是为了避免沉默。

"为什么糟糕？"

"下雪嘛，到处都湿漉漉的。"（我打了个哈欠。）

"没什么区别。"她沉默了一会儿，突然说。

"不，这就是很糟糕……（我又打了个哈欠）那些掘墓人肯定会骂街，因为雪要把他们浑身都浇得湿透了，墓穴里也会有积水。"

"墓穴里怎么会有积水呢？"她有点好奇地问我，但说话的语气却比以前更加粗鲁和生硬。我突然感到被什么激怒了。

"怎么能没有水呢？就在墓穴底部，近乎六俄寸深的水。在沃尔科沃公墓，没有一个公墓挖开来是干燥的。"

"为什么？"

"哪有什么为什么，那里就是个多水的地方，到处都是沼泽。所以，他们就只好把棺材埋在水里咯，我亲眼看见的……看了好多次……"

（其实我从未见过哪怕一次，而且我从来没有去过沃尔科沃公墓，我只是听过别人这么讲过。）

"难道你认为死还是活都无所谓？"

"我没事干吗要去死？"她这样回答，好像在为自己辩护。

"总有一天你也会死，你会和那个刚刚死去的女人一样。她是……像你一样的女孩。她死于痨病。"

"妓女最好是死在医院里……"她说。（"她早就知道这件事了，"我心想，"所以，她说的是'妓女'，而不是'女孩'。"）

"她欠了老鸨的钱，"我反驳她，越来越被这场讨论激怒了，"所以，尽管她有病在身，但她直到临死都在为老鸨接客偿还债务。周围的马车夫和大兵们聊天都在说这事，都在议论。说不定，他们还是她过去的老相好。他们谈笑风生，还准备到酒馆里去，为她举办宴会悼念呢。"（其中很大一部分是我添油加醋胡诌的。）

沉默，又是一片死寂。她甚至没有动弹一下。

"还是死在医院里，那样更好，是吗？"我问。

"不是一样吗？……再说，我为什么一定要死？"
她补充的时候，已经很不耐烦了。

"我不是说现在，那以后呢？"

"以后就以后呗……"

"你可千万别这样，现在的你年轻、漂亮、新鲜，
大家还把你当宝贝。但是，再过一年，你就今时不同往
日——你就年老色衰了。"

"再过一年？"

"不管怎样，一年后你的身价就会一落千丈，"我
幸灾乐祸地说，"你会从这里转到一个更低等的妓院里，
再过一年，又转倒第三所妓院，越来越差，每况愈下，
大概七八年后，你就要沦落到住干草市场的地下室的地
步啦。这还算好的，最糟糕的是，除此之外，你还有可
能会生病，比如痨病……或者感冒，或者什么的别的病。
在这样的生活环境下，有病是很难治好的。给病缠上了，
也许就再也摆脱不了了。那你到时候就只有死路一条。"

"那我就去死呗。"她终于怒不可遏了，报复性地回答，并且用力地扭动了一下身体。

"那样太可惜了。"

"可惜什么？"

"可惜了这一生。"

一片静寂。

"你有过未婚夫吗？嗯？"

"这和您有关系吗？"

"哦，我不是在盘问你，这对我来说没什么。你干吗这么生气？当然，你可能也有自己的烦心事。与我有什么相干的？我只不过感到可怜而已。"

"可怜什么？"

"可怜你。"

"没必要……"她的声音很小，低得几不可闻，再次转动了一下身体。

这立刻激怒了我。怎么？我对她如此温柔，而她……

"你到底在想什么？你以为你走在正道上吗？

啊？"

"我什么也没想。"

"看看，糟就糟在你居然什么都不想。你醒醒吧，趁现在还来得及，你的时间还算充裕。你还年轻，长得又漂亮；你可以恋爱，之后嫁人，成为幸福的……"

"又不是所有的嫁人的妇女都是幸福的。"她用她开连珠炮似的、粗鲁的语气生硬地说道。

"当然，不是所有的人，但无论如何，总比待在这里要好得多。好得根本没法比较。而且，有了爱情，即使没有幸福，也可以这样生活下去。即使有悲伤痛苦，生活到底还是甜蜜的，活在世上总是美妙的，无论你生活如何。而这里有什么，除了……臭气熏天。呸！"

我厌恶地转过身去，我不再冷冰冰地摆事实讲道理了。我开始感同身受地沉浸在自己所说的内容中，情绪在心中翻涌，渴望把自己那些挤压在角落里的隐秘思想尽情倾诉。突然有什么东西在我的心口猛烈地燃烧，某个"目标"显现在我面前。

"你别看我来了这里，就断定我不是你的榜样了。也许我比你更糟糕。不过话又说回来，我是喝醉了才来到这儿的，"我急忙替自己辩解，"况且，男人和女人所做的事情本来就不能比，这是完全不是一回事。虽然我自甘堕落，糟蹋自己，但我可不是任何人的奴隶。我来了，又走了，这就结束了。我掸去身上的尘土，我就不是原来的那个我了。但对你来说，你从一开始就是个奴隶。对，你是奴隶！你放弃了一切，舍弃了你的全部意志。如果你以后想打破这枷锁，也无能为力了；它只会把你绑得越来越紧，越捆越牢。这该死的枷锁就是这样。我很了解它。至于别的，我就不多说了，说了你也未必明白。不过，你得跟我坦白：看样子，你也欠了鸨母的钱吧？是不是？"她没有回答，只是默默地竖起耳朵听着，全神贯注，但我还是补充了一句，"你看，这就是枷锁！你永远都无法还清这些债，它们一定会压迫你，这无异于你把灵魂出卖给魔鬼……

"再说说我吧……也许，我也是一个同样不幸的人，但你哪里知道，我是故意往这个泥坑里跳的，也是因为心里苦闷，坐困愁城啊。众所周知，大家都会借酒消愁；嗯，那么，我到这里来——也同样是为了消愁解闷啊。喂，你倒是告诉我，这里到底有什么好的？就像你和我……方才……凑到一块纠缠，可是在这整段时间里，咱俩没有对彼此说过一句话，而且后来，你还开始像野兽一样盯着我看，于是我也盯着你看。难道这算是爱？难道人和人之间结合的方式就应该是这样吗？这简直荒谬绝伦，就是荒唐！"

"对！"她生硬又急促地回应我。我被这个突如其来的"对"惊呆了。所以，当她之前注视着我的时候，同样的想法可能也在她的脑海中闪过。所以她也会对这些进行思考？……"真是见鬼了，这倒挺有意思，这可真是英雄所见略同啊！"我心里这样想，差点兴奋得搓起手来，"要掌控这样一颗年轻小姐的心还不是小菜一碟？……"

我最喜欢且擅长的把戏还是逢场作戏。

她把头转向我身边，离我更近了。昏暗之中，我依稀感受到她似乎在用一只手支着脑袋，也许她在仔细打量我。我看不清她的眼睛，真是遗憾。但我听到了她深呼吸的声音。

"你为什么要来这里？"我问她，声音中已经带着某种威严的意味。

"来就来了。"

"可是，在父亲家里过日子该多好啊！温暖又自由，总归是属于你自己的家嘛。"

"但要是还不如这呢？"

"我必须投其所好，"我脑海中灵光一现，"一味煽情似乎收效不大。"

其实，这念头不过转瞬即逝。我发誓，她确实吸引了我的兴趣。更何况，我那时有点精疲力竭，心神不宁。再说了，逢场作戏与动真感情是很容易相互并存的。

"谁说的！"我赶紧否认，"什么情况都是存在的。我相信，肯定是有人侮辱了你，而且是他们更加对不起你，并非你对不起他们。当然，我对你的身世尚且一无所知，但像你这样的女孩来到这里，肯定不会是心甘情愿的……"

"我还算是什么女孩？"她轻声说，声音低得几乎听不见，但我还是听清了。

"该死的，我竟然在奉承她，太可卑了。但也许，这未尝不是一件好事……"

她缄口不言了。

"你看吧，丽莎——好吧，我还是先来说说我自己吧。要是我从小就有个家，那我可就不会像现在这样了。对此，我始终难以释怀。因为，无论家里的情况有多糟糕，但毕竟他们是你的父母，而不是敌人，更不是陌生人。哪怕一年，他们只会有一次向你表达他们的爱，你起码知道，你是在自己的家里。我在没有家的情况下长大，也许这就是为什么我变得如此……冷酷无情。"

我又等来沉默。

"看来，她听不懂，"我想，"而且真是可笑，我竟教训起人来了。"

"如果我是一个父亲，而我又有一个女儿，我也许对我女儿的爱胜过对我儿子的爱，真的。"我旁敲侧击地说，好像我并不是为了哄她高兴。我承认，我脸红了。

"这是为什么？"她问了。

啊！原来，她在仔细听！

"我也说不清为什么，但是丽莎，你听我说，我认识一个做父亲的人，他不苟言笑，对事情吹毛求疵，但他却常常跪在女儿面前，亲吻她的手，亲吻她的脚，怎么看也看不够，这是真的。他的女儿在晚会上跳舞，他就会一连五个小时站在原地不动，目不转睛地看着她，爱她爱得如痴如醉，我对此很能理解。夜深了，女儿疲倦了，沉沉入梦。而他醒来之后，总要跑去亲吻正在熟睡的女儿，并在她身上为她画十字祈福。他自己穿着一件脏兮兮的旧外套四处走动，对其他人一毛不拔，但却甘愿为了她花掉自己最后一分钱，给她买许多昂贵礼物，如果女儿很中意那礼物，他就心花怒放。父亲总是比母亲更加疼爱女儿。一个女孩在家里过得多幸福啊！我相信，恐怕我都不会愿意让我的女儿结婚。"

"为什么会这样呢？"她淡淡地笑了。

"嫉妒啊，我真的嫉妒。唉，她怎么可以亲吻另外一个男人？她怎么可以爱一个陌生人胜过爱她的父亲？一想到这里，我就觉得心如刀割。当然啦，这都是子虚乌有的事，当然啦，每个父亲最终都会明白的。不过，在我让她结婚之前，我只操心一件让我痛苦不堪的事：百般刁难所有前来求亲的人，把他们贬低得一无是处。然而，最终我还是要把她嫁给她最爱的男人。然而，往往女儿所爱的那个人，在父亲眼里是最差的那一个。一直如此，而很多家庭的许多不幸的麻烦事，往往都来源于此。"

"有些人宁可卖掉自己的女儿，而不是把她体面地嫁出去。"她突然脱口而出。

哦，原来是这样！

"丽莎，这种事往往发生在一些恶劣的家庭里，他们既不信仰上帝，也没有爱。"我热情如火地接过她的话，"没有爱的地方，理性就无法生存。这样的家庭确实存在，不过，我所说的不是这样的家庭。很显然，你无法在你的家庭里看见幸福的模样，所以才会这么说，你真是个不幸的姑娘。唉……这一切，很大程度上是因为贫穷啊。"

"难道有钱人家里的情形就会好些吗？一些正人君子，就算贫穷，也同样生活得很好。"

"嗯……是的，也许吧。还有一件事，丽莎，人只喜欢计算自己遭受了多少痛苦，但对自己得到的幸福却忽略不计。倘若公平合理地衡量一下，你会发现每一个人的幸福和痛苦都是同时存在的。假如你的家庭一切顺利，上帝保佑你，你的丈夫优秀又爱你，珍惜你，永远不会离开你，那该有多好！在这样的家庭里是多么幸福啊！有时候，哪怕只是苦乐参半也已经很美满了啊。你要知道，悲伤无处不在。不过，也许等你结婚了，你自然就会明白的。我们从你和你爱的人新婚燕尔的时期来说吧，你们双宿双飞，那时候多么幸福，真是无比幸福！

幸福时时刻刻环绕着你。在新婚燕尔的时候，即使是与丈夫争吵也会甜蜜美满地收场。有的女人，心里爱得越深刻，越是爱缠着丈夫吵架。真的，我就认识这样的一个女人，她会说："是啊，我爱你，我非常爱你。正是因为爱你，我才会折磨你啊，你应该能感觉得到我对你的爱呀。"你知道吗，因为爱，居然可以故意折磨一个人？而这么做的又大多数是女人，她本人多半会如此心想："反正我以后都要好好爱他，好好照顾他，现在折磨他一下，也没什么罪过。"就这样，全家人都为你而欢喜，你们和和美美，亲密又快乐地相濡以沫……可也有些会嫉妒的女人——我也认识这种女人——倘若丈夫出门在外，她就无法忍受，半夜三更跳起来，悄悄地追踪丈夫并偷窥他：不会在那里吧？是不是那家？就是和这个女人搞在一起？这简直糟糕透顶，女人也知道这样有多糟糕，可她的心七上八下，让她饱受煎熬，可是你得明白，她爱他呀，这一切都是因为爱他呀。而且，他们往往在吵架后又很快重归于好，要么她向他认错，要么原谅他，这是多么其乐融融！于是，他们两个突然又陷入了幸福——就好像他们久别重逢，再次相识相恋，又结了一次婚，他们的爱情又重新开始了。因此，无论是谁，不管是谁，都没必要掺和夫妻之间发生的事情，只需要知道他们会相亲相爱、恩爱如初，这就够了。而且，无论他们之间的争吵有多么激烈，他们都不应该叫任何人——即便是自己的母亲——来评判他们之间的关系，在其他人面前互相指责揭短。他们自己才是他们的仲裁者。爱是一个神圣的秘密，无论发生什么，旁人都无权过问。这会使得爱情更为神圣、更加美好。夫妻之间要相敬如宾，很多事情都是建立在尊重的基础之上的。既然曾经有过爱情，既然是为了爱情而结婚的，那为什么要让爱情付诸东流呢？难道就不能坚定地守住爱情吗？实际上，爱情无法坚守的情况并不多见。喏，只要幸运地遇见一个好丈夫，他心地善良，为人诚实正直，爱情又怎么会日渐消逝呢？诚然，新婚燕尔时的柔情蜜意的确会逐渐消逝，但随之而来的是一段更成熟美好的爱情。

等到那时，夫妻心有灵犀，相濡以沫，彼此之间坦诚相

待。而一旦他们有了孩子，即便是在最艰难的时候，只

要心中怀有爱和勇气，并且对当前的情况无所畏惧，那

对他们来说，依然幸福洋溢。等到那时，即便工作也是

苦中有乐，即使为了孩子需要省吃俭用也会其乐无穷。

要知道，他们将来会因此爱你，换句话说，你是在为你

自己积福。孩子们逐渐长大成人，你会觉得你是他们的

榜样，是他们的支柱；即使你撒手人寰，你的孩子也将

毕生承载你的思想和感受，因为他们继承了你，他们会

继承你的形象和样式①——这是一项伟大的责任，这怎

么能不拉近父亲和母亲的距离呢？居然还有人会说：有

了孩子日子就艰难了。这到底是谁说的？这应该是天堂

般的幸福！你喜欢小孩子吗，丽莎？我特别喜欢。你想

想，一个粉嫩嫩的小男孩，依偎在你的怀里，吸着你的

奶……哪个丈夫看着他的妻子抱着孩子喂奶的模样不会

_____

① 此处借用《圣经·旧约·创世记》第 1 章第 26 节："神说：
'我们要照着我们的形象，按着我们的样式造人。'"

对她心醉神迷呢！粉嘟嘟又胖乎乎的小孩儿，四肢伸开，悠然自在地躺着，胖乎乎的小手和小脚，小指甲干干净净，小得让你看着都觉得好玩，那双小眼睛忽闪忽闪的，看着好像什么都懂呢。他一边吸奶，一边用小手抓你的乳房玩。父亲一走过来，他就吐出奶头，身体向后仰去，看着父亲笑了起来——天知道，这是多么有意思！——然后，他又回去一口一口地吃奶了。等到他长出乳牙，他有时候会突然用他的小牙齿咬到妈妈的乳头，还要用小眼睛斜着看母亲，好像在说：'看，我咬住了！'当丈夫、妻子和孩子，他们三个人在一起时，难道所有的这一切不都是很幸福的吗？为了拥有这样的时刻，许多事情都可以宽恕。就是这样，丽莎，你必须先学会生活，才能去责怪别人！"

"必须生动形象，我要用绘声绘色的画面来打动你！"我心想，不过，我说话时确实很动情，我立刻满脸通红了，"但是，如果她突然大笑起来，那我该躲到哪儿去？"这个想法让我勃然变色。在我的长篇大论快结束时，我的确激动万分，然而此时，我的自尊心不知何故，突然受到了伤害。她仍然在沉默，我恨不得推她一下。

"您有点……"她突然开口说，但是又停了下来。

但是，我是完全明白的：在她的声音里，有一种与之前截然不同的东西在颤抖，不再像以前那样突然、严厉和不屈，取而代之的是柔软而羞怯，如此羞怯，以至于我反倒在她面前自惭形秽。

"什么？"我满怀柔情，有点好奇问道。

"就是您……"

"什么？"

"您……说的话都像是从书上搬过来的。"她这样说，她的声音中忽然又流露出讽刺的口吻。

她这句话深深地刺痛了我的心，这不是我所期待的答案。

我当时竟然不明白，她这是在这讽刺中隐藏自己的感情。而这也是羞怯的、心地纯洁的人惯用的手法，这通常是他们的最后避难所。因为总有人蛮横无理、死乞白赖地硬要闯入他们的内心世界，他们出于自尊，直到最后一刻都不愿意屈就，但又不敢在别人面前流露自己的真实感情。由于羞怯，她好几次欲言又止，迫不得已地嘲讽，直到最后她才终于吐露了心声。我本该从她一再冷嘲热讽的怯懦中猜出真相的，但我没有猜到，我心里的气不打一处来。

"你就等着瞧好了！"我想。

<h2 style="text-align:center">7</h2>

"哎，得了吧，丽莎。什么搬书不搬书的，我只是从旁观者的角度说，就已经感觉到恶心了。再说看，我也并非旁观者，所有这一切想法都源自我的内心……难道、难道说，你自己在这里不觉得肮脏吗？你没有——这就是习惯成自然。鬼知道习惯会潜移默化地把人变成什么。莫非你当真以为你会青春永驻、永远年轻貌美，

他们会允许你一辈子都留在这里吗？我暂且不谈这里有多么卑鄙肮脏……倒是先来和你谈谈你现在的生活吧：你正值妙龄，貌美如花，心地善良，情感经验丰富。但是，你知道吗，就拿我来说，我刚才一觉醒过来，发现我和你睡在一起，我马上就觉得恶心！我必须说明，我只有在喝醉了的时候才会到这里来。但倘若你是在另外一个地方，过着清白的生活，那么，我也许就不会这样轻浮地糟蹋你，而是真真正正地爱上你。你要是能看我一眼，我都会心花怒放，更别提你跟我说话了。我会在大门口守候你，我会在你面前长跪不起，把你视作我的未婚妻，甚至为此深感荣幸，绝不敢对你有任何不纯洁的念头。可是在这里呢，我清楚地知道，我只需要吹声口哨，不管你愿意与否，你都必须立刻跟我走。我完全用不着考虑你的意愿，但你必须遵从我的意志。最底层的农民被雇为工人，毕竟不是将整个人的身心都沦为奴隶；而且，他知道这个雇佣是有期限的。可是你的期限到底在哪里？你只需想一想：你在这里被出卖的是什么？为人所奴役的是什么？——是灵魂！是你再也无法主宰的灵魂，你的身体连同你的灵魂一起，全都在任人奴役！你把自己的爱出卖给任意一个醉鬼去蹂躏凌辱！爱情！你要知道，爱情就是一切，爱情是一颗无价的钻石，是少女珍贵的瑰宝，这——就是爱情！为了追求这样的爱，有人不惜肝脑涂地，甚至视死如归。但是现在，你的爱还能值多少钱？你的整个人都被人买下来了，彻底地买下来了。既然在没有爱情的情况下什么都可以做，那还用得着去追求什么爱情吗？对一个女孩来说，这可是莫大的侮辱啊，你明白这意味着什么吗？我还听说，他们为了安慰你们这些可怜的傻妞，允许你在这里有情郎。但你知不知道，这简直是胡闹，纯粹是给你们制造的骗局，这是在嘲弄你们，你们还信以为真了！他，就说这位情郎，他真的会爱你？我不相信。倘若他知道，只要有人一喊，你就得立刻从他身边离开，他又怎么可能会爱你呢？若真如此，那他就是一个王八蛋！他会对你有哪怕一点儿的尊重吗？他会和你情投意合吗？不，他只会嘲笑你，然后把你的财物洗劫一空——这就是他全部的爱！要是他不打你，那还算不错。不过，他还是有打你的可能。假如你真有这样一位情郎，你不妨问问他，他会娶你吗？如果他不对你吐口水，或者也没有揍你一顿，那他肯定会朝你哈哈大笑的——尽管他自己可能没什么出息，还分文不值。你想想吧，你为什么在这里毁掉自己的一生呢？为了老鸨给你喝的咖啡，还是他们给你吃饱饭？你可真的清楚，她究竟为了什么才给你饭吃吗？换一个懂得羞耻的女孩，恐怕这样的饭连一口也咽不下去，因为她知道人家给她饭吃的目的。你欠了他的债，那你就会在这里一直欠下去，欠到你人老珠黄，欠到你的客人都开始厌弃你。这一天会很快到来的，别以为你还年轻。你要知道，青春在这里消耗的速度，就像风驰电掣般飞也似的。他们会把你赶出门，而且还不是简单地直接踢出去。早在那之前，客人们就已经开始对你横挑鼻子竖挑眼，刁难你，辱骂你，好像你不是为了老鸨才牺牲了健康，也不是为她白白耗费了你的青春和灵魂，反倒是你毁了她，让她沦为乞丐，把她的钱财抢掠一空。而且，你别指望有人会站在你这边：你的那些同伴会对你群起而攻之，借由此来赢得老鸨的青睐，因为所有人都是这里的奴隶，所有的良知和怜悯早已不知其踪。她们早就彻底堕落成卑鄙下流者，世上再也没有什么比她们的辱骂更卑鄙无耻、更侮辱人了。你将在这里毫无保留地抛弃一切，毫无保留的一切——你的青春、你的健康，还有你的美丽和希望。你年龄不过二十二岁，但看起来就像三十五岁的半老徐娘。倘若你没有生病，那你很幸运，为此向上帝祈祷吧！我知道，你现在大概在想，反正你什么也不用做，那就纵情享乐吧！其实，无论是现在还是过去，这都是世界上最为沉重、最为可怕的工作，做这样的工作，你孤独的心将会一直浸泡在泪水之中。等到他们把你从这里赶走时，你一句话也不敢说，半个字都不能提，你只能像罪人那样走掉。你需要搬到另一个地方，再换到第三个地方，之后可能再换到别的什么地方，直到你最终来到干草市场。在那里，动手打人的事情屡见不鲜，这是那里的"礼貌"，在那里，客人不先揍你一顿就不会跟你亲热。你不相信那里会这么可恶吗？你不妨什么时候抽空去瞧瞧也许能够亲眼看到呢。有一次过年的时候，我在那里看到一个女人在门口。那里的人一起戏弄她，把她推出门外，还关上了门，想让她尝一尝霜冻的滋味——只因她挨打后呼天抢地地痛哭。那时才早上九点，她已经喝得酩酊大醉，披头散发，衣冠不整，半裸着身体，浑身满是淤青。她的脸上涂着脂粉，但她的眼睛四周却乌青，血从鼻子和牙齿上流下来，这是拜刚刚的某个马车车夫所赐。她坐在石阶上，手里拿着一条咸鱼。她放声痛哭，一边抱怨着自己的'苦命'，一边拿着鱼拍打台阶，而一群马车夫和喝醉的士兵围聚在台阶旁边，还挤在那里嘲笑她，逗弄她。你不相信你将来会沦落到那个地步吗？我也不愿相信，但是你怎么知道，也许在十年前或者八年前，就是这个拿着咸鱼的女人，刚从别的地方流落到这里的，也许她那时也像一个小天使一样清新靓丽，天真无邪，对邪恶毫无概念，说一句话都会脸红。也许，她还和你一样，自视甚高，动不动就生气。和旁的姑娘不一样，她把她自己看作是公主，她知道，假若她能等到一个爱她并且她也爱的人，也就等来了美满的幸福。你看，结果怎么样？

倘若就在她衣冠不整，酩酊大醉，拿着那条鱼在肮脏的台阶上拍打的时候，她回忆起早年在父亲家里的美好岁月，那是多么的情何以堪！那时她还要去上学，邻居的儿子就在路上拦住她，向她告白了，他宣称会爱她一辈子，会把自己的命运托付给她。而后，他们俩便海誓山盟，发誓彼此永远相爱，等到长大了就结婚！……不，丽莎，如果你像之前那个女人一样，在哪里的某个地方，也许是某个角落里，在某个地下室里，你因害痨病而很快死去，那你倒是有福气，你就幸福了。你说去医院吗？如果他们真的愿意送你去医院，那当然不错，但假如你对这里的老鸨来说，仍然有利可图呢？痨病是一种奇怪的疾病，它不像发烧，病人一直到最后一分钟还存着希望，还说他没病。他自欺欺人，而这对老鸨倒也有利。

别白费心思了，事情就是这样。你出卖了你的灵魂，而且你还欠了钱，这意味着，你连一个'不'字都不敢说。当你快要死的时候，所有人都会抛弃你，他们会转身离你而去，因为那时候从你身上还能得到什么好处吗？不仅如此，他们还会责怪你，怪你白白占了她们的地方，怨你怎么不早点死。你想喝口水，哪怕苦苦哀求都求不到，即便给了你，也要骂骂咧咧，说什'你这贱货，什么时候才能咽气呀，吵得人都睡不着觉。成天哼哼唧唧个没完，客人都烦透了'。这是真的，我自己亲耳听说过这样的话。他们会把奄奄一息的你推入地窖里最肮脏的角落——那里阴暗而潮湿，你一个人孤零零地躺在那儿，在那种时候，你翻来覆去想的会是什么呢？你刚一咽气，就会有陌生人前来收尸，满嘴都是嘟嘟囔囔的抱怨，很不耐烦。没有人会为你祈祷，更没有人会为你叹息，他们只想尽快把你这重负从肩上甩下去。他们会买一口薄皮棺材，这样把你抬出去，就像今天抬那个可怜的女人一样抬到坟墓，然后在酒馆里追悼你。在坟墓里，到处都是泥泞、脏垃圾，还有湿漉漉的雪——还需要对你客气吗？'把她放下去吧，万纽哈，这就是她的命运了，就这么头朝前脚朝上地下去吧。把绳子再拉紧点，你这个冒失鬼。''好了，就这样吧。''什么好了？她身子还侧着呢。她好歹也是个人啊，不是吗？好，行了，埋土吧。'他们甚至不愿意浪费时间为你多费口舌，匆忙地撒下潮湿的蓝色黏土，就奔向小酒馆了……在这个世界上，人们对你的记忆到此也就结束了；其他人还会有孩子上坟，父亲和丈夫也会去的。而你呢？既没有人为你流泪，也没有人为你叹息，更没人悼念你，全世界任何时候，都不会有任何人会来找你，你的名字会在这片土地上化为虚无，仿佛你从未存在过，也从未诞生过！周围是一片的污秽和泥土，每到夜半三更，其他死人都在站起身，但你却在那儿敲你的棺材盖，大声哀嚎：'善良的人们呀，放我回人间再活几年吧！我曾经活过，但我从未真正感受过生活，我过去的人生就像一块抹布，一塌糊涂；我这一辈子，就这样被人在干草市场的酒馆里喝掉了。好心人啊，请放我到世界上来再活一回吧！……''"

我讲得如此慷慨激扬，以至于我喉咙都快要痉挛……我却突然停了下来，惊恐地微微抬起身子，惶恐不安地低下脑袋，心脏正紧张地怦怦乱跳。我开始不安地侧耳倾听。我如此方寸大乱，困窘不安，大有原因。

我早已预感到，我已经彻底搅翻了她的灵魂，击垮了她的心灵。我越是确信这一点，我就越迫切地希望尽快、有效地达到我的目的。玩玩而已，逢场作戏，这场戏让我忘乎所以。但其实，这不仅仅是逢场作戏……

我知道，我说话生硬还做作，甚至是在照本宣科。总而言之，我除了"照搬书本"以外，别的什么都不会。但这并没有困扰我，因为我早就知道，我感觉她会理解我，这种书生气还可起到推波助澜的作用。但现在，我达到了我想要的效果，却突然惊慌失措了，甚至胆战心惊。不，我还不曾见过、从未见过这样深刻的绝望！她趴在床上，双手紧紧抱住枕头，把脸深深地埋进去。她的胸膛仿佛被撕裂一般，正在剧烈地起伏着。她年轻的身体痉挛似的发抖，好像在抽搐。她克制在心底的悲伤正在挤压着她，撕扯着她，最终在一刹那尽情地喷涌而出，变成了嚎啕的大哭，高声的尖叫。于是，她使劲地将自己的头埋得更深：她不想让这里的任何人，哪怕是一个好人，知晓她的痛苦和眼泪。她咬着枕头，还把自己的手咬到直到流血（后来我看到的），或者用手指死死地抓住自己散乱的发辫，她咬紧牙关，忍气吞声，一动不动地强忍着。我本来想说些什么来劝告她，恳求她冷静下来，但我又不敢轻举妄动。突然间，我浑身一阵痉挛，我心惊肉跳了，几乎是摸索着跳下床，匆忙地想穿好衣服试图尽快离开。屋子里一片漆黑，伸手不见五指，无论我怎样努力，我都没能迅速穿好衣服。突然，我摸到了一盒火柴和一个烛台，烛台上插着一整只尚未点过的蜡烛。房间刚被烛光点亮，丽莎就跳了起来，坐在床上，扭曲的脸上带着有些呆傻的微笑，近乎失神地看着我。我坐在她身边，握住她的手，她才恍然惊觉，

扑在我的身上。她本想拥抱我，但她又不敢，于是静静
地在我面前低下了头。

"丽莎，亲爱的，我错了，我不该这样……原谅我吧，
亲爱的。"我才刚开口，她就将我的两只手握在她的掌心，
握得如此有力。这情形又让我明白：我又说错话了。于是，
我没再顺着这个话头说下去。

"这是我的地址，丽莎，来这儿找我，来做客吧。"

"我会来的……"她的声音低沉，但掷地有声，只
是她仍然低着头。

"那现在，我要走了，别了……再见。"

我站了起来；她也跟着站了起来，突然脸红了，颤
抖了一下，抓起一条放在椅子上的头巾，披在自己的肩
膀上，一直裹到下巴。做完这些，她却不知为什么，又
病态地笑了笑，脸再次腾地红了，古怪地看了我一眼。
我感到心里剧痛，我急于逃走，想逃之夭夭。

"还请您等一下。"当我已经走到大门边的过道时，
她突然说。她伸手拽住我的大衣拦住了我，然后匆匆忙

忙地放下蜡烛，就跑了回去。显然，她想到了什么，或者想给我看什么。当她跑回去的时候，她满脸通红，眼睛闪闪发光，嘴唇上挂着微笑——这是怎么回事？我情不自禁地等着。没过多久，她就回来了，眼神中似乎带有歉意。事实上，她的那张脸，连带着她的眼神，已全然不是前一天晚上的样子了：不再闷闷不乐，不再怀疑，也不再固执。此刻，她的眼神中带着恳求，柔情似水，同时又流露出全然的信任，渴望爱抚却又不自觉胆怯。小孩子们看着他们非常喜欢的人就是这样的表情，并通过这样的表情向他们请求帮助。她的眼睛是淡褐色的，水灵灵的，好像会说话似的，既能展现她心底的爱，也能折射出刻骨的恨。

她没有向我进行任何解释，好像我是一个高等神灵，不用解释就能洞悉一切似的。她递给我一张纸，就在那一刻，她的整个脸上都洋溢着天真的、几乎是孩童般的雀跃。我把它展开，这是一封医学生或类似身份的人给她写的信——这是一封非常高调、辞藻华丽但又相当虔诚的，向她表达爱意的情书。我现在已经记不清里面写的是什么话了，但我却清楚地记得，这些华美的词句、崇高的文体背后，有一份真挚热烈的感情，而这是做不了假的。我读完信后，抬头就撞上了她那热切的、童贞般的眼睛盯着我，目光里充满了探寻。她的一双眼睛正在凝神注视着我的脸，迫不及待地等着，期待我会说些什么。她匆匆地说开口，带着一种喜悦和自豪，简明扼要地向我解释，说是在某天晚上，她去了某个地方参加家庭舞会，参与者都是一些为人正派的好人，都已成家立业。那些人对于她的情况知之甚少，甚至一无所知，因为她在这里还只是初来乍到，而且也仅仅是这样……还没完全决定在此留下，只要还清了债，肯定是要离开的……喏，就是在那里，她遇见了这位大学生。他跟她跳了一整夜的舞，和她彻夜长谈。原来，早在他还是个小男孩的时候，他们就在里加相识了，他们两小无猜，不过这是很久以前的事了。他还认识她的父母，但关于她的事情，他毫不知情，一无所知，并且还没有丝毫怀

疑！因此，就在舞会过后的第二天（也就是三天前），

他拜托和她结伴参加派对的朋友给她带回了那封信……

嗯……好吧，这就是全部的情况了。

说完，她有点害羞了，羞答答地垂下了闪闪发光的

眼睛。

这个可怜的女孩，她把那个学生的信视若珍宝，珍

惜地保存着。她刚才匆忙跑去拿她唯一的珍宝，只因为

她不想让我就这么匆匆离去，无法知晓她也受到了真诚

的爱，告诉我，还有人真心实意地爱着她，给予她尊重

和礼待。也许，那封信注定要始终沉默着躺在她的首饰

盒里。但无论如何，我确信她会一辈子都把这封信视作

一笔宝贵的财富，支撑起她的骄傲，为她辩护，她会永

远地珍藏。所以，就在此刻，她想到了那封信，带着天

真的骄傲和自豪，把它带到我的眼前，她想让我看见这

些，想要重塑她在我心中的形象，好让我因此夸奖她。

但我什么也没说，只是握了握她的手就走了。我只想快

点离开……尽管潮湿的雪仍在下着，像纷飞落下的鹅毛，

但我还是选择步行回家了。我疲惫不堪，心情备感压抑，茫然而不知所措。但是，真相其实已经在惶恐困惑的背后散发着强烈的光芒了——这令人厌恶的真相！

8

然而，我无法立刻心悦诚服地承认其中的真理。第二天的早晨，从几个小时铅一般的沉重而又压抑的睡眠之中醒来，我立即复盘梳理了前一天所发生的一切，我居然为自己昨天对丽莎的温情脉脉和昨天所有那些恐惧和怜悯的言语而大惊失色。"我怎么神经得像个娘儿们似的？呸！""再说了，我为什么把要把我的地址塞给她？她要是真来了该怎么办？不过，算了，让她来吧，来也没关系……"但显然，这不是现在最主要和最要紧的问题——我必须尽快，不惜一切代价挽救我在兹维尔科夫和西蒙诺夫眼中的名誉，这才是当务之急。这天早上，我忙得不可开交，以至于完全把丽莎的事抛掷脑后了。

首先，我必须立即偿还前一天从西蒙诺夫那里借的钱。我决定斗胆走一步险棋：直接向安东·安东尼奇借整整十五卢布。幸运的是，那天早上他恰巧心情很好，我刚一开口，他就把钱借我了。我为此眉开眼笑，喜不自胜，以至于在签署欠条时，都摆出了一种趾高气扬的姿态，大大咧咧地告诉他，说我"昨天跟朋友们一起在巴黎酒店撮了一顿，开怀畅饮。这是为了我的一个同学，他可以说是我童年的玩伴呢。您知道么，他可是一个花天酒地的人，自幼娇生惯养。当然了，他出身名门，又家财万贯，定然前程似锦；他机智又可爱，还是个拈花惹草的情场高手，你知道吗，我们还另要的半打酒都喝光了，而且……"这有什么难的？我可是把所有这一切都说得极其轻松，随便又自然，而且语气洋洋自得。

回到家后，我立即写了一封信给西蒙诺夫。

直到现在，每当我回忆起我的那封信中所表现出来的真正温和的绅士风度，豁达坦率的风格，我都对自己钦佩不已。信的措辞巧妙又得体，高贵又优美，最主要的是，完全不说废话，绝不废话连篇，我把一切都归罪于自己，并为自己辩护，"如果我还能允许我为自己辩护的话"：我辩解称，那些事情是因为我完全不会喝酒，第一杯就把我喝得酩酊大醉，这一杯好像是在他们来之前喝的，当时的时间是五点到六点，我还在巴黎酒店等他们呢。我首先恳请西蒙诺夫的原谅，并请求他把我的解释传达给所有其他人，转达我的歉意，尤其是兹维尔科夫，因为我朦朦胧胧地记得，我似乎侮辱了他。我还补充说明，我本想亲自向各位登门致歉，但因头疼欲裂，而最主要的是——我对不起大家，无脸见人，因此未能成行。这封信我最满意的就是这种"轻描淡写"，甚至近乎"漫不经心"（但是得体合礼）的口吻，这种口吻呈现在纸面上，转化成文字，胜过一切可能想到的态度，这样，更能让他们立刻明白，我对"我昨天的所有恶劣表现"自有我自己相当独到的看法，我可不像你们，诸位绅士，我并不像你们想象的那样一蹶不振，似乎彻底被击垮了。恰恰相反，我对此的态度，就像一位步履从容、自尊自重的绅士应有的那样。毕竟常言道，不因往事责英雄嘛！

"这真是颇具大家风范的玩笑！"我把信从头至尾又读了一遍，沾沾自喜地想着，"要是别人处在我的境地，恐怕早就一筹莫展了，但我却不仅摆脱了困境，还能够从中汲取鼓励，这一切都是因为我是一个'当代知识渊博、满腹经纶的人'啊！不过，说实话，一切也许都要归罪于昨天喝的酒。哦……不，不是酒。在五点到六点之间，在我等他们的时候，我可是一滴酒都没下肚。我对西蒙诺夫撒谎了，厚颜无耻地撒谎了，但即便到现在，我也没感到有任何愧疚……

"管他呢，有什么好在意的！重要的是，我终于解脱了。"

我在信里塞了六卢布，把它封好，让阿波罗把它送给西蒙诺夫。得知信里有钱，阿波罗的神色立刻就恭敬了，同意跑一趟。黄昏的时候，我出去散步。我的头仍在疼痛，而且自昨天起就一直昏昏沉沉。夜晚逐步临近，暮色愈发浓重，我的记忆也越来越变幻莫测，如雾里看花，我的思绪也随之变得越来越繁杂混乱。就在我的体内，在我的内心和良知的深处，某种东西并未消散，更不愿消散，于是化为内心难以忍受的淡淡忧伤。在大多数情况下，我在最人声鼎沸、星罗棋布的商业街上散步，沿着小市民街，再沿着花园街，或者绕着尤苏波夫花园溜达。我一直特别喜欢在暮色四合的时刻沿着这些街道闲逛，也正是在这时候，那里挤满了各色行人、商贩，还有一些手艺人。他们结束了一天的辛劳，回到了家，却愁容满面，忧心如焚。我喜欢的正是这种廉价的喧闹，那种赤裸裸的平庸和乏味的市井生活。然而，在这一天，街道上的熙来攘往更加使我的心难以平静。我怎么都无法控制我自己，也找不到头绪。似乎有什么东西正在我的心中不断地翻涌、腾跃，刺痛着我，却久久不肯平息。我回到家时非常沮丧，心烦意乱到了极点，似有一种负罪感沉沉压在我的心头。

丽莎会来的,一想到这个念头、这个可能,我的内心就备受折磨。在昨天的所有回忆中,关于丽莎的回忆不知为何却特别强烈,也正是这些回忆强烈地折磨着我,这也让我觉得不可思议。傍晚前,我早已把其他的事情忘得一干二净,全都弃如敝履了。我唯独对我给西蒙诺夫的那封信感到心满意足。但在此刻,我不知为何却总感到不那么安然自得了,似乎我是因为丽莎才惴惴不安。

"如果她真来了,那怎么办?"我不停地想,"好吧,有什么关系,让她来吧!唉,糟糕的只是,她将会看到我到底是怎样活着的。昨天我在她面前可是……妥妥的……是个英雄,而现在,唉!真是糟糕透顶,我竟这样穷困潦倒,家徒四壁。昨天,我竟然穿着那样的西装外出赴宴!看我这漆皮沙发,坐垫里面塞的纤维团都露出来了。还有我的睡衣,破破烂烂的,都没办法完全遮住我的身体……她会把这一切都收进眼底,也会看见阿波罗。而那畜生肯定会欺负她,会挑她的刺,目的是让我难堪。而我呢,不用说,我肯定会像往常一样惊慌失措,在她面前畏首畏尾，试图用睡衣的衣襟来遮羞，一个劲地赔笑，并开始夸夸其谈。唉，真是不堪入目！但这还不是最为卑劣的！还有更重要、更令人厌恶、更卑鄙的东西！对，更下流！于是，我还必须再戴上那个可耻的、虚伪的面具！……"

想到这一点，我又立刻怒不可遏。

"为什么可耻？有什么可耻的？我昨晚说得都是肺腑之言。我记得，我当时也确实动了真情。我正是想激发她内心的高尚情感……她的哭是件好事，可见，这已经有了很好的效果。"

然而，我还是无法静下心来。

那个晚上，我回家了，这时已经是九点钟以后，我估计，在这种时候是丽莎无论如何都不可能来了，但她似乎仍然在我的面前出现，更糟糕的是，她总是以某个同样的姿势回到我的脑海中。在昨晚发生的所有事情中，有一个时刻生动鲜明地烙印在我的脑海中：当时，我擦了火柴点亮了房间，却看到了她苍白扭曲的脸庞，和她饱含苦难的目光。她那一刻的笑容是多么可怜、多么勉强，又是多么扭曲！但当时的我还不知道，即便是在十五年之后，我在想象中看到丽莎，她脸上仍然挂着那可怜的、扭曲的、不合时宜的微笑。

第二天，我已经准备再次尝试把这一切仅当作我的胡思乱想，视为我神经过敏的产物，最主要是当作我在过度夸张。我一直都知道我这根脆弱的弦，有时甚至为此担惊受怕："我总是夸大一切，我的问题就出在这儿。"我时常对自己反复念叨，告诫自己。然而，"其实，丽莎终究还是会来的。"——这就是我那时反复思考之后最终得出的结论。我寝食难安，有时甚至达到癫狂的地步："她会来的！她肯定会来的！"我在房间里跑来跑去，大喊大叫，"她今天不来，那么就是明天来，她肯定会来找我的！所有这些纯洁心灵的浪漫主义就是这样可恶！哦，这些'卑劣的感伤灵魂'真是鼠目寸光，真是愚蠢，真是狭隘！哈哈，我怎么会不明白？怎么我好像还是不太明白？……"想到这里，我突然停了下来，深深地陷入困惑之中。

这时，我突然想道："只需要寥寥数语，只言片语，只需要几句描绘田园牧歌般的生活（何况这田园生活还是矫揉造作的、照本宣科的、偏离现实的），就能够迅速按照自己的想法打动一个人的灵魂！这就是她这种少女的纯真！这就是天真无邪的本性！"

有时，我会想到去她那里找她，"把一切都告诉她"，并且恳求她不要来找我。但是，这个想法一旦产生，就立刻激起了我的愤怒，如此种种让我相信，假如丽莎当时碰巧在我身边，我说不定会掐死这个"该死的"丽莎。我会对她大肆羞辱，朝她的脸上吐唾沫，把她痛殴一顿，再把她赶出去！

然而，一天，两天，三天，日子就这么一天天过去了，她却始终都没有来，于是我的心也逐渐平静下来。每天九点之后，我都会神清气爽，于是出门散步。我有时甚至开始展开了遐想，而且这遐想相当甜蜜：例如，丽莎常常来我这儿，我和她促膝长谈……我开导她，让她变得逐渐成熟，正是如此，我就成为了她的救星。后来，我发现她爱上了我，热烈地爱上了我。我假装不明白（但是，我不知道我为什么装傻，也许，只是为了死要面子吧）。她脸色绯红，羞答答而又十分妩媚地浑身发抖，痛哭着扑到我的脚下，说我是她的救命恩人，她爱我胜过这世界上的一切。我深感惊讶，但是……"丽莎，"我说，"难道你以为我没有感受到你的爱吗？我早就知道了一切，我已经猜到了。但是我不敢抢先占据你的心灵，因为我曾经影响了你，我担心你是出于感激之情从而有意强迫自己报答我的恩情，我害怕你是在强迫自己唤起你心中那原本不存在的感情，而这些并非我乐意看见的结果，因为这是……蛮横霸道的行为，这是不光彩的（简言之，我开始采用某种欧洲化的，或者说，乔治·桑式那种神秘高贵又文雅含蓄的语调），但现在，你已经属于我了，你是我的心肝宝贝，你纯洁善良又美丽大方，你是我最称心满意的妻子。

你是实至名归的女主人，

请勇敢而自由地走进我的家门。

然后，我们就此开始幸福地生活，还要一起出国……总之，连我自己都觉得卑鄙不堪，到最后，我吐了吐舌头，把自己嘲笑了一番。

"但是，他们恐怕不会让她这样的'贱女人'出去的，"我想，"她们好像很难被放出来走动，尤其是在晚上（不知为何，我似乎想当然地认定，她若要来，必定是晚上，而且正好是七点钟）。不过，她也提到过，她在那里还没有彻底沦为奴隶，尚且享有某些特权，这意味着，能成！妈的，她会来的，她肯定会来的！"

幸亏，正在这时，阿波罗的粗鲁行为分散了我的注意力。他终于逼得我忍无可忍！他是我生命中的祸根，是上帝给我下的诅咒。多年来我们一直争吵不休，连续数年互相挖苦，我真是恨透了他。天啊，我对他真是深恶痛绝！我相信，我这辈子从来没有像恨他那样恨过任何人，尤其是在某些时刻。他已经上了年纪，却举止傲慢，妄自尊大。他曾经做过裁缝，但是，不知什么原因，他居然敢瞧不起我，一点不把我放在眼里，那种居高临下的傲慢目光让我无法忍受。虽然，他确实对所有人都不屑一顾。只要瞥一眼他那淡黄色的、梳得又平又亮的头，看一眼他高高梳在额头上、涂了葵花油的一簇鸡冠式的头发，看一看那张总被压缩成字母 V 形状的故作端庄的嘴，你们必定会感觉到，你们面对的是一个任何时候都自命不凡的人。他是一个吹毛求疵到极点的人，是我在这个世界上遇到的最吹毛求疵的人，不仅如此，他还拥有只有马其顿的亚历山大才会产生的那种自尊心。他珍爱外套上的每一个纽扣，手指上的每一片指甲——绝对是自恋，看他的眼神就能断定！他对我的态度极其蛮横无理：他很少和我说话，如果他碰巧瞥了我一眼，目光也是那样的桀骜不驯、目中无人，并且时常含有讽刺意味，有时甚至让我火冒三丈。他常常带着这样一副神态来履行自己的职责，倒像他给了我天大的恩惠似的。但但是，实际上，他几乎没有为我做任何事，他甚至根本不认为自己有责任为我做任何事。毫无疑问，他把我视为世界上最愚蠢的蠢人。我想，他之所以"没有离开我"，唯一的理由是他每个月都能从我这儿拿到工资。他当然同意每月七卢布的工钱，反正他不需要我做任何事。正因为如此，他才总是原谅我的过失。我简直恨透了他，我恨他恨到即便只是看到他走路的样子，都气得浑身发抖。但最令我切齿痛恨的还是他含混不清的语调，因为他的舌头比一般人稍长，可能也有别的原因吧，所以他说话总是发音不准、稀音嗌音模糊不清。但似乎他为此而感到非常骄傲，认为这大大增加了他的尊严，让他高人一等。他说话时的声音很低沉，慢慢悠悠，双手放在背后，眼睛望向地面。最让我气急败坏的是，他在我隔壁的房间朗诵圣诗，为此，我跟他多次发生冲突。然而，他偏偏喜欢在晚上朗读，用一种缓慢、均匀的低沉声音，仿佛在追悼死者。饶有趣味的是，这后来竟也有用武之地：他现在正受雇为逝者诵读圣诗。与此同时，他还负责消灭老鼠和制作鞋油。但在当时，我无法摆脱他，就好像他与我之间发生了某种奇妙的化学反应，我们融为了一体。而且，他自己也无论如何都不同意离开我。我住不起家具齐全的屋子，我的住处就是我自己的小天地，是我的外壳，是我用于躲避全人类而隐藏自己的套子。而阿波罗呢？谁知道是什么原因，但在我看来，我总觉得他也是这间公寓不可分割的一部分，因此，整整七年，我都无法把他赶走。

假如我想要拖欠他的工资，比方说，哪怕只是两三天，那也是不可能的。他会找茬挑事，闹得惊天动地，闹得我无处安身。然而，这几天我看所有人都不顺眼，于是，我不知道为什么，更不知道为了什么，我突然决定惩罚一下阿波罗——我决定，我要拖两个星期才给他发工资。其实，早在过去的两年里，我一直打算这么做，我唯一的目的是迫使他明白，他不该在我面前装腔作势，并向他表明，只要我愿意，我随时可以扣留他的工资。我不打算立刻向他挑明这件事，甚至故意对工资保持沉默，以便灭灭他的傲气，逼迫他自己先开口找我谈论他的工资。等到那时，我就会从抽屉里拿出整整七卢布，告诉他：我有钱，但我就是故意把钱扣留着，只因为我"不乐意！我就是不乐意给他工资！不乐意！因为我乐意这样做"，因为这是"我作为主人的决定"，因为他对我并不恭敬，因为他粗鲁无礼。但如果他态度尊敬地请求我，那我可能会因此心软，随后把钱交给他，否则，他需要再等上两周、三周，甚至再等待整整一个月……

可是，无论我打算怎样无情和狠心，最终还是他取得了胜利。我居然连四天都没能坚持住。他又采用以往类似情况的惯用手段，一如既往地开始行动，因为之前这种情况已经多次出现，而且百试百灵（我得说明，我对这一切心知肚明，我对他那恶劣的伎俩也了如指掌）。他的伎俩就是：他一开始会非常严厉地盯着我，一次盯上几分钟，目不转睛地盯着，尤其是在见到我回家或着送我出门的时候。如果我——比方说——我经受住了他的凝视，假装对这些毫不在意，他依旧会一声不响，沉默地采取进一步的行动。当我正在房间里踱步或看书时，他会无缘无故地轻轻地走进我的房间，就站在门口，一只手放在背后，伸出一条腿，并且用一种不再是严厉，而是完全轻蔑的眼光盯着我。如果我突然问他："你有什么事？"他会一声不吭，双眼继续紧盯着我看上那么几秒，然后耐人寻味地紧闭嘴唇，摆出一副意味深长的神情，慢腾腾故意转过身去，又慢悠悠地回到他的房间。而两个小时后，他就又一次地以同样的方式，再次出现在我面前。有时，我被他这样惹得火冒三丈，我甚至已经不再问他要干什么，而是干脆又威严地抬起头，也开始逼视着他。我们常常就这样互相凝视，逼视了大概有两三分钟；最后，他再次转过身，慢条斯理，昂首阔步，再次离开我两个小时。

如果我到如此地步还没有醒悟，还是选择继续负隅顽抗的话，那他就会在看着我的时候，突然叹气，长久地、深深地叹气，仿佛要用它们来丈量我道德堕落的深度。当然，最终，以他的大获全胜而宣告终结。我愤怒

怒地大喊大叫，但这是件引起争论的事，还是得照他的
意思办。

然而，这一次，惯用的凝视动作还没完全开始，我
就立刻大发脾气，怒气冲冲地朝他大发雷霆。就算没有
这件事，本来我就有一肚子火了。

"站住！"他正一言不发地慢慢腾腾地转身，一只
手放在背后，准备走回他自己的房间，我却在此刻怒气
冲天地大声吼着，"站住！回来，我叫你回来听到没有！"
大概因为我的吼声一反常态，他居然转过了身来，甚至
颇具惊讶地打量我。然而，他依旧一声不吭，这可把我
气炸了。

"你怎敢未经我的许可就擅自闯入我的房间，而且
还竟敢用这样的眼神看着我？回答我！"

可是，他泰然自若地看了我片刻，他又转身了。

"站住！"我咆哮着冲过去，冲到他面前，"别动！
就站在那里。你现在回答我的问题：你进来看什么？"

"如果您这会有什么事情吩咐给我，我的职责就是

照办。"他沉默一会，才不紧不慢地回答道，声音低沉，语调平缓，稀音和嘶音都混淆不清。他还扬起眉毛，泰然自若地把脑袋从一个肩膀转向另一个肩膀，做这一切的时候，神态都异常镇定。

"我问你的不是这个，根本就不是这个！你这个刽子手！"我高声喊道，气得脸色通红浑身发抖，"我告诉你吧，刽子手，你为什么来到这儿，因为你看到我不给你发工资，你自己又由于自尊心作怪，不愿意低头——不愿意开口求我，因此，你来到这儿，带着你那愚蠢的目光前来惩罚我，想要来折磨我，但你这刽子手也不想一想，这有多么蠢，多蠢，多蠢，多蠢，多蠢！"

他沉默不语，本想再转过身去，但我抓住了他。

"你听着，"我对他喊道，"这是钱，你看，钱在这里！（我把钱从桌子抽屉里拿出来）整整的七个卢布，但你拿不到，就是——不——给——你。除非，你毕恭毕敬地低着头来乞求我的原谅。听到没有？"

"这办不到。"他带着某种非同寻常的自信来回答。

"办得到的！"我大叫着，"我老实告诉你，你必须办到！"

"可我也没有什么事要请求您原谅，"他继续说，好像他根本没有注意到我的惊呼，"但您骂我是'刽子手'，单凭这个，我可以随时到警察局去告您侮辱我。"

"去吧，你去告！"我吼道，"现在就去，马上就去，立刻就去！反正你就是个刽子手！你是刽子手！刽子手！"但他只是看了我一眼，然后就转身，不再管我呼天抢地的喊声，他迈着平稳的步伐，安之若素，头也不回地走向自己的房间。

"如果不是丽莎，这一切的事情根本都不会发生！"我心里如此断定。然后，我站了一会儿，我带着一种庄严肃穆的神情，走到屏风后面亲自去找他，不过此刻，我的心脏正在缓慢而又剧烈地跳动。

"阿波罗，"我喘不过气来，但又轻声细语，一字一句地说，"去吧，你现在就去叫警察，一刻都耽误不得！"

当时，他已经坐在桌子旁，戴上眼镜，开始做针线活了。但是，听到我的吩咐后，他却突然扑哧一声大笑起来。

"你现在马上就去，立刻就去！去啊！要不然你都想象不出会发生什么事情！"

"您真是疯了，"他说，甚至连头都没抬，还是像往常一样故意口齿不清的腔调，继续在那穿针引线，"哪儿见过一个人要求去找长官，想要自己跟自己过不去呢？至于害怕——您就甭大声嚷嚷自找苦吃啦，因为什么事也不会发生。"

"你去啊！"我抓着他的肩膀，大声尖叫着。我觉得我都要立刻动手打他了。

但是，我却没有注意到，走廊上的门在那一刻又轻又慢地打开了。有个身影走了进来，停住脚步，困惑地打量着我们俩。我抬头一看，羞得差点背过气去，然后立刻拔脚跑回了房间。在房间里，我双手揪着自己的头发，用头顶住墙，就这样一动不动地僵站在那。

大概是两分钟以后，我听到阿波罗慢悠悠的脚步声。

"外面有个女人在找您。"他说着，并用特别严厉的目光看着我。接着往边上靠了靠，让客人进来——是丽莎。阿波罗竟然不打算离开，只是嘲笑地注视着我们。

"走开，走开啊！"我惊慌失措地下达了命令。而就在那一刻，我的钟鼓足了劲，嗡嗡作响地敲了七下。

9

你是实至名归的女主人，

　　请勇敢而自由地走进我的家门。

　　　　　　　　——引自同一首诗

我就这样站在她面前，垂头丧气，仿佛名誉扫地，羞愧到了极点。我的脸色似乎还在强颜欢笑，我竭尽全力把自己裹在破旧的棉睡衣的裙子里，和我不久前情绪低落时想象的一模一样。阿波罗在我们旁边扫视了几分钟后，就离开了，但这并没有让我更轻松。更糟糕的是，她也突然窘迫起来了，这窘迫完全出乎我的意料。当然，她是因为看到了我的窘相。

"请坐。"我干巴巴地说，把椅子移到桌子旁，让给她坐，我自己则坐在沙发上。她顺从地立刻坐了下来，睁大眼睛望着我，显然在期待着我能有所表示。这种天真的期望让我气不打一处来，但我克制住了自己。

这种时候，她本来应该装作什么也没看见，好像一切如常，而她却……我隐隐感觉到，她将为这一切而付出沉重的代价。

"你恰好碰到我窘迫的模样，丽莎。"我结结巴巴地说，其实我也清楚，谈话真不应该这样开头。

"不，不，你千万别想多了！"我不由得喊道，因为我看到她陡然满脸通红，"我并不为自己的贫困而感到难堪……正相反，我为我的贫困而自豪。我虽然很贫穷，但品德高尚……穷人当然也可以拥有高尚的品德。"

我喃喃说着，"不过，说起来……你想喝茶吗？"

"不……"她正要开口。

"请稍等。"

我一跃而起，跑着去找阿波罗——我总得先找个地方躲一躲吧。

"阿波罗，"我发烧一般火急火燎地低声说道，把紧攥在我拳头里的七卢布扔到他面前，"这是你的工资，看，我付给你了，但你必须救我：赶紧到饭店里去买点茶水，再买十片面包干一起带回来。如果你不肯去，那你就会把我变成一个不幸的人！你不知道，这是多好的一个女人！总之就是这么一回事，你可能在想象什么……但你不知道，她真的是一个很好的女人……"

阿波罗已经坐下来准备干活了，还戴上了眼镜，起初他斜视地看了一眼钱，没有说话，也没有放下针。他对我根本不予理睬，也不作回答，继续忙着把他的线穿进针眼。我站在他面前，就像拿破仑那样，双手交叉地等候，足足等了有三分钟。我感觉到，我的两鬓都流淌下了汗水，脸色苍白。但是，谢天谢地，大约是看着我这模样，阿波罗动了怜悯之心。他把线穿上针后，慢条斯理地从座位上站起来，不紧不慢地推开椅子，不慌不忙地摘下眼镜，慢慢悠悠地数了数钱，最后才侧过头来问我："要整份的吗？"得到我的答案之后，他这才慢慢悠悠地走出房间。我准备回到丽莎身边，半路上却又突然灵机一动：要不我干脆就这样，我就这样穿着睡衣，一走了之，管他以后发生什么事呢？

但我还是又坐了下来，丽莎则忐忑不安地看着我。我们相顾无言，沉默了好几分钟。

"我要杀了他！"我突然大声喊道，砰的一拳狠狠往桌子上一砸，桌子震动得墨水都从墨水台里溅了出来。

"哎呀，您这是怎么啦！"她哆嗦了一下，惊呼着说道。

"我要杀了他，弄死他！"我疯狂地敲着桌子尖叫，完全是暴跳如雷的模样，同时，我也完全明白，这么气急败坏的我有多么愚蠢。

"你不知道，丽莎，你不知道那个刽子手对我来说到底意味着什么。他是折磨我、杀我的刽子手……虽然他现在去买面包干了，但他……"

突然间，我泪流满面。这是一次歇斯底里的情绪发作。我泣不成声，但又在眼泪中感到羞愧难当，可是我已经无法克制自己了。她也被我吓坏了。

"您这是怎么了？您怎么了？"她叫着，手足无措，着急地在我身边团团转。

"水，给我点水，就在那边！"我微弱地咕哝着，尽管我内心意识到，我完全用不着喝水，也大可不必虚弱地喃喃连声。但是，我为了保住面子，不得不所谓逢场作戏，不过，那歇斯底里的神经发作倒是真的。

她给我端来了一杯水，仍然不知所措地看着我。就在那时，阿波罗把茶点端来了。我突然觉得，在发生了刚刚的那些事之后，这种普通又平淡的茶变得非常不体面，又十分寒酸。我脸顿时红透了。丽莎看着阿波罗，眼神中带着敬畏和惊恐。但阿波罗头也不抬地走了出去，一眼也没看我们。

"丽莎,你要看不起我了吧?"我目光急切地瞪着她,急得直哆嗦,迫不及待地想知道她在想什么。

她被我看得不好意思了起来,不知道该回答什么。

"喝茶呀!"我恶狠狠地说。我是在生自己的气,但是,很显然,我的气都出在她身上了。我心中猛然升起一股极其强烈的情绪,令我对她深恶痛绝,恨不得杀了她才好。为了报复她,我在心里暗自发誓,我在这段时间绝不和她说哪怕一句话。"她是造成这一切的罪魁祸首。"我心里断定。

我们之间的静默持续了五分钟左右。茶点就放在桌子上,但我们都没有碰。我是故意不愿意先喝茶,为的就是让她更难堪,而她呢,又不好意思自己先喝。她面带忧伤、大惑不解地看了我好几次,但我仍固执地保持沉默。最为此而感到痛苦的当然还是我自己,因为我完全清楚,这种愚蠢的迁怒于人是多么卑鄙无耻,真是恶劣透顶。但与此同时,我却怎么也无法控制自己。

"我是从那里来的⋯⋯但我想⋯⋯彻底离开那里。"为了打破沉默，她开口说话了。可是，可怜的姑娘啊！在这本来就十分尴尬的时刻，对我这个本来就十分混账的人，实在是本来不应该从这里说起啊。她的天真单纯，以及她那不必要的坦率，令我怜惜，我的心甚至都因怜悯而感到痛了。但是，在我心中存在的某种可怕的东西立刻扼杀了我所有的同情心，它甚至激起了我更大的怨恨：让世上的一切都毁灭吧！

就这样，又过了五分钟。

"我没有打扰您吧？"她胆怯地开口，声音小心翼翼得几乎听不见，并且说罢就要站起来。

然而，我看到这种情景，自尊心仿佛受到了侮辱，我顿时气得发抖，并且立刻乘机爆发。

"你为什么要来我这儿？告诉我啊——请你？"我大口大口地喘着粗气，不顾一切地发飙，甚至都不考虑我说话的逻辑顺序。我渴望一下子、就在这一刻，把所有的一切和盘托出，我甚至顾不上是从哪说起了。

"你来干什么？你说啊，你快说啊！"我像失去了理智一样大喊大叫，"我来告诉你吧，亲爱的小姐，你为什么来这里。你来这里，是因为当时我对你说了几句怜惜你的话，这使你感到可以变得娇滴滴了，于是你又想来听这些'怜悯的话'了。但是你知道吗？你明白吗？我那时是在嘲笑你！而且现在也还是在嘲笑你。你为什么发抖？对，我就是在嘲笑你！在见到你以前，有几个人比我先到，他们在吃饭时侮辱了我。而我到你们那里去，为的就是把其中的一个人——他是个军官——狠狠地揍一顿，可我没能揍成，他们走了，我们没碰上。但我总得找个人出气吧，我总得找个人教训来求心理平衡吧，碰巧你出现了，你撞上了我的枪口，就这样，我迁怒于你，狠狠地嘲笑你。别人羞辱了我，所以我也要羞辱别人；人家把我当作破布对待，于是我也想找个地方展示我的神威……事情就是这样，但是你，你却以为我是特地来拯救你的，是吗？你是这样想的对吗？是这样想的？"

我知道，她可能被我弄得一头雾水，一时之间搞不清其中的来龙去脉。但我也知道，她肯定会十分清楚地懂得我所说的这些内容的实质。情况确实如此：她的脸色变得苍白，像一张白纸；她似乎想说些什么，嘴唇痛苦地抿得很扭曲；但她又仿佛挨了一斧子重击似的，无力地跌坐在椅子上。在那之后的时间里，她就这样一直听着我说话。她的嘴唇张开着，眼睛睁得大大的，心惊胆战吓得发抖。而我言语中的冷嘲热讽、厚颜无耻也让她备受伤害……

"拯救你！"我继续说，从椅子上跳起来，当着她的面，在这房间里前前后后地跑来跑去，"我怎么拯救你？何况，也许我自己比你更糟糕呢。在我长篇大论地训诫你时，你当时为什么不直接撕下我的假面具，直言不讳地说：'而你呢，那你自己来这里是为了什么？是为了给我上道德课的吗？'权力，那时候我想要的是展现我的权力，需要的是逢场作戏，需要的是逼出你的眼泪，让你受尽屈辱，直到你歇斯底里彻底崩溃——这就是我当时想要的！当然，那时候我自己也受不了了，因为我就是一个窝囊废，我被吓得心惊胆战，鬼知道我为什么会糊里糊涂地把地址给了你。后来，我还没走到家门口呢，我就已经为了那个地址，在心里把你骂得狗血淋头。我之所以这么憎恨你，是因为当时我对你撒了谎，因为我只是说着玩玩而已，这只是我脑子里想入非非的幻想。但是，我坦白告诉你，我真正想要的是你们所有人都下地狱！就是我想要的！我真正需要的是安宁，甚至，为了不让人打搅我的安宁，我宁愿以一分钱的价格贱卖掉整个世界。到底是让整个世界见鬼去呢，还是让我喝不了茶？我会回答，只要能让我永远喝到茶，那就让整个世界都滚蛋去吧。我的这些想法，你是知道，还是不知道呢？不管怎样，我反正知道，我就是一个流氓，一个地痞无赖，一个自私自利的懒汉。过去三天以来，我一直惶恐不安，就是在害怕你的到来。你可知道，这三天里我最忐忑不安的是什么吗？是我曾经在你面前假扮成英雄，充足了面子，但现在你却发现我穿着一件破旧的睡衣，亲眼见证我的贫穷和卑劣丑恶。我刚才告诉过你，我并不为自己的贫穷感到羞耻。那么，你现在应当知道，其实我以贫穷为耻，我认为这是奇耻大辱，难堪至极。我害怕贫穷，甚至比偷东西还更害怕，因为我这人虚荣心极重，重得就像是被人剥了皮，只要碰到空气就会疼痛难忍。难道你到现在还没有意识到吗？我永远都不会原谅你了，因为你正好撞见我穿着这件可怜的睡衣，撞见我像条疯狗一样扑向阿波罗的模样。一个曾经匡救世人的英雄豪杰，如今竟然像一只脏兮兮、蓬头垢面的癞皮狗一样扑向他的仆人，而他的仆人却在嘲笑他！而且，我居然还像个受到了侮辱的娘们一样，在你面前情难自禁地泪流满面，就为这个，我永远也不会原谅你！还有，我现在向你坦诚地公布了这一切，为了这个，我也同样永远不能原谅你！是的，你，你必须为这一切负责，因为你刚好遇见了这样的我，因为我是一个混蛋，因为我是这个地球上所有的毛毛虫中最肮脏、最愚蠢、最荒谬、最擅长嫉妒的，其他的毛毛虫一点也不比不上我的好，但鬼知道为什么，它们居然从来不会感到羞愧；可是我却这辈子都要承受各种'毛毛虫'的伤害——这正就是我的性格所在！这些话你可能一句都听不懂，但这跟我有什么关系！至于你这个人，会不会死在那里，跟我没有一点关系，能跟我有什么关系？啊？有什么关系啊？而且，你到底明白了吗，现在，我将一切都对你坦诚之后，我会多么恨你？就因为你一直在这里听着，听完了我的一切。要知道，一个人一生中只会有一次这样淋漓尽致的畅所欲言，而且也只有在最歇斯底里的时候！……所以，你还想要什么呢？经过了这一切，你为什么还要站在我面前折磨我？为什么还是赖着不肯走呢？"

但就在这时，一个意想不到的情况凭空出现了。

我习惯于按照书中的一切来思考和想象，习惯于认为世界上的一切，就像我事先在脑海中臆想的那样。因此，对于当时意外的情况我甚至没有立刻反应过来。事情是这样的：被我侮辱和倍感难堪的丽莎，对事情的理解深度，远比我想象的要多得多。她从我所说的一切中理解到——一个女人但凡真心诚意地爱一个人，都会最先明白这一点——那就是：我本人其实也很不幸。她脸上流露出惊恐和受伤的神情，而这些神情先是被痛苦和讶异所取代，但当我开始称自己为恶棍和流氓时（我是声泪俱下地长篇大论的），她的整个脸都抽搐地扭曲了。她一度想要站起来，拦住我继续说下去的欲望。而当我说完，向她大喊"你为什么还要在这里，你为什么不走？"时，她竟然对我的喊叫毫不在意，而在意的是，我说这样的话，想必我的心里也同样苦不堪言。再说她也逆来顺受惯了，从来都饱受折磨，这可怜的姑娘，她认为自己比我还要低下得多，又怎么会感到愤怒或叫屈呢？她突然遏制不住冲动，从椅子上跳了起来，整个人都试图扑向我，但依旧有所顾忌，胆怯着，不敢离开原地，只是向我伸出了她的双手……顿时，我的心里也波涛汹涌，五味杂陈。就在这时，她突然冲到我面前，搂着我的脖子，大声痛哭起来。我也终于按耐不住地嚎啕大哭，我还从未哭成这样……

"他们不让我……我也没法做……好人！"我哭得泣不成声，然后我走到沙发边，脸朝下倒在沙发上，歇斯底里地在沙发上大哭了足有一刻钟。她走近我，向我俯身，紧紧拥抱着我，我们就这样一动不动了。

但问题是，这种歇斯底里总是要过去的。于是（要知道，我写的都是极端丑恶的现实）我趴在沙发上，把脸深深埋进我讨厌的旧皮枕头里，我开始慢慢地、若有若无地、情不自禁但又无法克制地感觉到，我现在已经再也没有脸面抬起头了，我再也无法直视丽莎的眼睛了。为什么我会感到羞愧？我不知道，但我就是感到无地自容。我过度紧张的大脑还突然想到：我们现在的角色完全发生了转变，她现在是女英雄，而我则是那个被欺凌压垮的人，和四天前的那个晚上，窘迫地站在我面前的她别无二致……就在我趴在沙发上的那几分钟里，这些想法已经完全淹没了我的脑海。

我的上帝啊！难道我那个时候竟然在羡慕她？

我不知道，甚至直至今日，我仍然无法断定。但我当时显然比现在更加迷糊、搞不清状况。如果不操控别人，如果不暴虐地对待别人，我就没法活下去……但是……但是，要知道，高谈阔论说明不了任何问题，因此，也不必夸夸其谈。

然而，我最终还是征服了自己，我抬起了头。反正我迟早得把头抬起来……对，就是这样。直到今天我仍然确信，正是因为我羞于看她，所以当时在我心里才会蓦地燃起另外一种感情……一种掌控和占有的欲望。我的眼睛里燃起了情欲之火，我紧紧地抓住她的手。在此时，我是多么的恨她，又有多么的渴望占有她啊！我越是恨她，就越是想要占有她，反之亦然，两种感情彼此推波助澜，这几乎就像是一种情感上的报复行为！……起初，她脸上露出困惑不解甚至十分惊讶的表情，但稍纵即逝，紧接着，她热情而狂喜地抱住了我。

10

一刻钟过后，我在房间里急不可耐地跑来跑去，不时地走到屏风前，从缝隙里窥视丽莎。她坐在地上，头靠在床沿边，想必在哭。但她还是没有离开，这让我很恼火。这次她应该明白了一切。我切切实实侮辱了她，但是……就不必再说了吧。她已经明白，我的欲火冲动不过是一种报复，是对她的再一次羞辱。而且，我刚才所表达出来的只是没有原因的仇恨，但现在又增加了一种针对她的、源于嫉妒的个人仇恨。……但话又说回来，我还是不敢肯定地说，她已经对这一切完全一清二楚。但至少，她已经彻底明白：我是一个卑鄙小人，而更重要的是，我不可能会爱她。

我知道，有人会对我说，这太不可思议了——怎么可能会有人像我一样既恶毒又愚蠢，这真是难以想象。说不定，他们还会补充说：你不可能不爱她，起码不可能不珍惜她的这片痴情，这绝对不可能。为什么就不可能呢？我当然有我自己的理由：首先，那时的我已经没有爱的能力了，因为，我再说一遍，我所谓的爱就意味着蛮横的虐待和精神上处于主宰地位。在我的一生中，我从未能够想象任何其他类型的爱，这种想法延续至今，甚至我有时会认为，所谓爱情，所谓爱，就是被爱的人自觉自愿地把虐待他的权利拱手赠予爱他的人。即使是在我的地下室的那些幻想中，我也总把爱情想象成一场斗争。爱情总是从仇恨中开始，以精神上的征服告终，至于此后该如何处理征服的对象，我就难以想象了。再说了，这有什么无法想象的？总归，我已经道德败坏到了如此地步，我已经不习惯见到"富有活力的生活"了。曾几何时，我还在奚落她，对她大肆羞辱，说她来找我就是为了听"怜悯的话"。可我却浑然不知，她来这里根本不是为了听到"怜悯"，而是为了来爱我！因为，对于一个女人来说，一切事物的复活，一切摆脱任何灭亡的救赎，一切事物的新生，追根溯源，这一切都来自爱，除此以外，不可能有其他的表现形式。不过，当我在房间里跑来跑去，并且透过屏风的缝隙窥视她时，我并没有那么恨她。我只是因为她在这里让我感到难以忍受的压抑，所以我希望她可以快点消失。我渴望"安宁"，我只想独自一人留在我的地下世界。这种"饱含生机的生活"对我来说太不习惯了，让我压抑得喘不过气来。

但几分钟过去了，她还是没有站起身，就好像失去了意识。我昧着良心，轻轻地敲着屏风，好像在借此提醒她……她猛然一抖，蹦起来，飞过去寻找她的头巾、帽子和外套，好像急于要逃离我，躲到什么地方去……两钟后，她从屏风后面慢慢走出来，心情沉重的看着我。我恶狠狠地咧嘴笑了笑，不过极为勉强，仅仅是出于礼貌，接着便避开了她的凝视。

"再见。"她说着，走向门口。

我突然跑到她面前，抓住她的手，掰开她的手指，往里面塞了……接着，我将她的手指合拢，然后立刻转身，飞快地跳进另一边的角落，为的是至少可以逃避看见……

写到这里，我确实想撒谎——比如我这样写，我说我这样做纯属无心之举，是我一时心慌意乱，张皇失措，才做了这等糊涂事。但我不想撒谎，因此我只好直说，我打开了她的手，塞到她手里……是一种恶意的嘲弄。当我在房间里来回走动，她还坐在屏风后面时，我突然想到要这么做。但我可以肯定地说：尽管我故意做了那件残忍的事，但那并非发自内心，而是来自我邪恶又愚不可及的大脑，完全是因为我的大脑在凭空想象、恶意编造。这残忍的举动是如此因循守旧，以至于我自己忙后悔不迭——最初，我逃进一旁的角落，就是为了避免亲眼看见这个场景，但在这之后，我立刻羞愧而绝望地追在丽莎身后奔了出去。我打开通道的门，侧耳倾听。

"丽莎！丽莎！"我在楼梯上喊道，但声音很低，并不敢大胆地喊。

没有人回答，但我想，我似乎听到了她踩在最后几级台阶的脚步声。

"丽莎！"我提高了声音，再一次大声喊道。

　　仍旧没有回音。但就在那一刻，我听到楼下关得紧紧的玻璃门被艰难地打开了，咯吱一声，随后又砰的一声关上，声音在楼梯上回荡，沿着楼梯爬了上来。

　　她走了。我犹豫地回到房间，思绪纷杂，心中无比压抑。

　　我静静地站在桌子旁，紧挨着她坐过的那把椅子，失神地望着前方。大概一分钟过去，我突然打了个寒噤，就在我面前的桌子上，我看到……简言之，我看到了一张被揉得皱巴巴的蓝色的五卢布纸币，那是我一分钟前塞到她手里的，就是那张钞票，绝对错不了，不会有其他可能，我家也没有别的钞票。所以，应该是当我躲到另一旁的角落时，她一下把它扔到桌子上了。

　　这又怎么了？其实我早就料到她会这么做了——我早就料到了？不，我是一个如此自私的利己主义者，实际上我是那么不尊重人，所以我根本无法想象她居然会这么做。我再也无法忍受了。顷刻间，我像疯子一样，匆忙穿上衣服，随手抓到一个东西披在身上，箭一般飞奔出去，拼命想要追上她。当我跑到大街上的时候，她甚至还没有走到二百步开外。

那是一个寂静的夜晚，雪纷至沓来，雪花几乎垂直地落下，覆盖着人行道和空荡荡的街道，好像铺上了一层厚厚的白色垫子。街上没有一个人，也听不到任何声音。街灯发出一种忧郁而无用的微光。我跑了两百步，但是，临近十字路口，我却慢慢停住了脚步。"她去哪儿了？为什么我在追她？"

"为什么呢？因为我想在她面前下跪吗？我想悔恨地哭泣，然后亲吻她的双脚，哀求她的原谅！我真想这样做，我渴望着这样的时刻，但我的整个心脏都感觉被撕裂了，我痛不欲生。从此以后，每当我回忆起这一刻，我永远不会，永远不会对此无动于衷！但是——为什么？"我叩问我自己，"难道只要我今天吻了她的脚，明天也许我就不会再憎恨她了？难道我能给她带来幸福吗？难道我今天不是没有一次——乃至上百次——再次认清自己的价值吗？只怕我会把她活活折磨死！"

　　我就站在雪地里，凝视着纷乱的雪夜，心中思绪万千。

　　"这样不是更好吗？现在这样不是更好吗？"等我回到家中，我又开始幻想了，试图用幻想出来的梦来压抑我内心惨重的痛苦，"她应该永远保持对侮辱的怨恨，这样岂不是更好？要知道，屈辱能荡涤一切：这是一种最厉害、最痛苦的意识！即便明天我就可能玷污她的灵魂，耗尽她的心力，但从今往后，这种侮辱的感觉将永远不会在她心中散去，无论将来遇到多么肮脏的污秽。这种屈辱感将会提升她的精神，并净化她的灵魂……通过憎恨……嘿……也许，还因为宽恕……但是，这一切真会使她感到更轻松吗？"

　　事实上，我已经在这里，向自己提出了一个空洞又无聊的问题：到底哪一个会更好些？——到底是选择廉价的幸福，还是要追求崇高的痛苦？请问，到底哪个会更好？

　　就在那个晚上，我坐在家里，被内心的痛苦折磨得奄奄一息，我就这么胡思乱想下去。我还从未经受过如此深厚的痛苦，以及如此强烈的悔恨。可是，当我从家里追出去的时候，难道我能考虑到我会自己走到半路就掉头回家吗？我从未怀疑我不会这样做。从那以后，我再也没见过丽莎，也从未听闻有关她的任何消息。我要补充的一点是：尽管我差点因痛苦而病倒，但是对于那句屈辱和仇恨极有裨益的空话，我一直感到十分得意，而且得意了很长时间。

即使是这么多年后的今天，一切早已时过境迁，但一旦想起这一切，我仍然觉得难受至极。有许多事情我至今回想起来都觉得难受万分，但是……是否应该在这里结束我的手记呢？我认为，我动笔写这部手记本身就是一个错误。起码，在写这部小说的时候，我一直感到万分羞愧。因此，与其说它是一部文学作品，不如说它是一种感化性质的惩罚。倘若我要将这些创作为一部长篇小说，描述我蜷缩在地下室的角落，道德沦丧，环境恶劣，过着暗无天日的日子，我既追慕虚荣，又时常满怀怨恨，因而虚度一生，蹉跎了岁月——要是这样写，肯定索然无味。小说必然需要英雄人物，而这里却故意把反英雄的所有特征都明确地汇集在一起，最重要的是，这一切都会给人一种不愉快的印象，因为我们都脱离实际，实际上我们每个人都有缺陷，毫无例外，任何人或多或少都有这方面或者那方面的毛病。我们与现实生活如此脱节，以至于我们对真正"富有活力的生活"产生厌恶之情。因此，当人们向我们提到这种生活时，我们就会无法忍受。要知道，我们几乎已经把现实生活视为一种劳动，视为是一种艰苦的工作，我们私下里都认为，按图索骥地生活会更好一些。可为什么我们有时偏偏要瞎折腾？为什么我们要瞎胡闹，为什么我们要有这样那样乱七八糟的请求呢？我们自己都不知道为什么。但是，如果我们不合理的要求得到了满足，对我们来说情况反而会更糟糕。要是不信，那你就试试看吧！比如说，给我们更多的独立空间，放开我们的手脚，再扩大我们的活动空间，放松对我们的管理，这样，我们就会……我敢保证……我们就会立即请求重返被管束的状态之中。

我知道，你们很可能会因此而对我火冒三丈，并跺着脚对我大喊大叫："你说的只是你自己的事情，讲的不过是居住在地下室的一小撮人的情况而已，你有什么资格说是'我们大家'？"对不起，诸位，我并非在用这个"大家"来逃脱罪名，从而为自己辩解。既然说到了我本人，那么你们也需要知道，我只是在生活中把事情做到极致，仅此而已，但你们却连我的一半胆量都达不到。你们自己把懦弱当成理智，并在欺骗自己中得到安慰。因此，我也许比你们活得更"真实"一些。请你们再观察得认真一点吧！要知道，我们甚至现在都尚未可知，更加鲜活真实的生活现在在哪儿，是什么样的，又要叫什么名字？倘若全世界只剩下我们自己，放下书本，我们将立刻迷失方向，不知所措。我们将不知道该追随什么，要坚持什么，不知道要爱什么，更弄不清要恨什么，更不清楚要尊重什么又要鄙视什么。甚至，仅仅作为一个人，我们都会感到一种不堪承受之重——哪怕仅仅只是做一个拥有真实的身体和血液的人。我们将对自己的身份深感羞愧，视之为奇耻大辱，并试图成为某种主观塑造的没有个性的一般人。我们都是死胎，而且我们的生命早已不再来自那些具有鲜活生命的父辈，但我们却喜欢这样，对此越来越兴高采烈、兴致勃勃。要不了多久，很快，我们即将设法从思维的观念中诞生。但是，够了。我不想再把《地下室手记》写下去了……

其实，这位大发议论的孤僻见解者的手记并没有到此结束。他又心痒难耐，继续讲下去了。但是，我们倒是觉得，一切都可以就此打住了。